AF573424

Manuel María Molina De La Hoz

Crónicas de un presagio

Impresión y encuadernación: Amazon
ISBN: 978-84-686-1097-9

A la memoria de los 25.000 habitantes de Armero que perecieron en aquella devastación del 13 de noviembre de 1985.

Tabla de contenido

Introducción

Introducción

Crónicas de un presagio es una novela narrativa que presenta siete capítulo (7) de una devastadora destrucción y que cuentan cada uno, desde puntos de vistas diferentes, la manifestación futura de una tragedia; que después con el tiempo se desarrolla o se cumple. Aquellas narraciones impares, pero muy relacionadas a la vez, predicen un solo y único acontecimiento: La destrucción de una ciudad llamada Asneros por consecuencias de un volcán. Cada capítulo es una visión profética de esa destrucción que cada personaje, al narrar aquellos acontecimientos, dan como pronóstico de que algo malo ocurrirá con aquella ciudad imaginaria que he podido crear en esta novela para recrear un poco, aquellos acontecimientos reales o de situaciones reales que sí han sucedido en nuestro mundo real. Como aquella destrucción del 13 de noviembre de 1985 en la ciudad de Armero, la original y verdadera. Mi país ha vivido momentos de desgracias y dolor por situaciones adversas, pero que hemos podido superar, mas no olvidar. Aquellas calamidades sucedidas, pueden ser de mucho valor e inspiración para otros y también nos pueden dar o dejar una gran enseñanza en la vida, que nos da a entender también de que no estamos solos en este mundo, que aquellas cosas que pasan en nuestro planeta o mundo, pueden ser las consecuencias de aquellas señales más contundentes de que tenemos a alguien muy superior a nosotros que nos está vigilando de día y de noche, que nos está corrigiendo, exhortando, castigando o juzgando a nosotros por nuestras malas acciones, y, un presagio puede ser una señal fidedigna de que Dios o el destino nos quiere hablar o decir algo para advertirnos de nuestro mal proceder y que no recibamos o suframos por causa de aquellas cosas un gran castigo, sino un bienestar, pero si no hacemos caso de aquellas cosas, entonces vendrá nuestro juicio o sentencia final por nuestros actos como está predestinado que suceda. Si en la Biblia hay señales apocalípticas que se han cumplido y otras están por cumplirse, ¿por qué no hemos de creer a aquellas señales que vemos, que sentimos o presentimos que van a suceder en un futuro o en el mismo presente? Pues, la vida misma puede ser una gran ruleta rusa y nadie está exento de no sufrir en cualquier momento un desafortunado desastre repentino, pues, para estas cosas no estamos preparados o no hay o exista sistema alguno que nos dé aviso o nos avise cuándo, dónde y cómo van a suceder tales acontecimientos siniestros que pueden acabar de una vez por todas y en cualquier momento con nuestras fugases vidas pasajeras, que son como el humo cuando se desvanece por la acción del viento, pues hoy estamos bien y mañana no, hoy existimos y mañana ya no estaremos. Cada siniestro que pasa en nuestras vidas es como un gran borrador que elimina todos los pormenores habidos y por haber, acabando de raíz lo que encuentra a su paso y lo que está mal o esté mal.

Capítulo 1.

Era un lunes 30 de abril cuando me encontraba en mi habitación leyendo un libro titulado La odisea, mientras que pasaba el tremendo aguacero que se había iniciado en las horas de la tarde. Las gotas de lluvia se escuchaban en todos los tejados como si quisieran reventar o partir los eternit y querer entrar a la fuerza para mojar todo lo que estaba adentro de las casas. Mientras tanto, yo seguía leyendo aquel pasaje del libro en donde Ulises construía una balsa para regresar a su tierra natal y a los suyos que lo esperaban con anhelada esperanza. Cuando leía este pasaje literario, podía ver las imágenes que se iban sucediendo en mi mente por la concentrada lectura que estaba haciendo; pero luego aparecía en mi mente otra imagen que no hacía parte de la grata lectura que hacía, pero que aparecía en mi mente como una visión extra. Esa visión rompía por completo la bella y hermosa armonía que tenía yo de la lectura. Algo estaba sucediendo en el mundo o estaba por suceder, para que yo hubiera tenido aquellos raros pensamientos o visiones pre profética de lo que había experimentado en ese momento. Pareciera que la lectura y aquella visión extra me estuviera anunciando la trágica noticia de que algo malo, pero muy malo estaba por ocurrir pero que no se sabía cuándo y a qué horas ocurrirían tales acontecimientos imaginados por mí. Al terminar de leer aquel capítulo del libro, me ponía a pensar en aquel extraño pensamiento que había tenido y que había robado mi atención, y, que también había detenido por completo mi deseo de seguir leyendo. – ¿Qué significará aquella rara visión? –. Me pregunté un poco confundido y lleno de temor por aquella imagen neurológica que había tenido. El fuerte aguacero seguía cayendo sin tregua sobre toda la ciudad. Luego me senté en una mecedora que estaba junto a la ventana de la sala y luego comencé a mirar por la misma a muchas personas que se estaban bañando alegremente en la calle en medio de la fuerte lluvia que caía y sin saber que aquel fuerte aguacero se convertiría en nuestro dolor de cabeza, pero la gente seguía bañándose en las calles muy inocentemente y sin saber lo que se venía para encima. Eran las dos de la tarde, pero parecía que hubieran sido las seis de la tarde, porque estaba ya casi oscuro. Esto hacía ver la magnitud del fuerte aguacero que había durado dos horas y media. Era como sí se hubiera desatado un pequeño diluvio, porque las calles estaban anegadas de agua por todos lados y los arroyos se hacían imponentes, y, éstos tomaban mucha fuerza; amenazando con llevarse cualquier cosa que encontrara a su paso o a quién intentara desafiar sus poderosos causes originados por el fuerte aguacero que caía a grandes chorros. Las gotas de agua eran del tamaño de una pelota de beisbol que mojaba de inmediato cualquier cosa. Luego, aburrido de estar sentado y mirando por la ventana, me levanté de la mecedora y me dirigí a mi habitación nuevamente para echarme a dormir un buen rato, ya que la tarde estaba bastante fresca por el gran aguacero que estaba cayendo en ese momento y que me permitía tomar una siesta. Me acosté en mi confortable cama y luego cerré mis ojos para así conciliar el sueño. Al cabo de un par de horas estaba otra vez despierto y el fuerte aguacero había culminado. Pero yo, ya despierto, me encontraba en otro sitio que no era mi cuarto; puesto que me encontraba flotando sobre mi cama en un mar de agua estancada que llegaba a un metro de altura –¡Pero qué es esto! –. Dije un poco exaltado y alterado al ver la magnitud del problema. Todo el barrio donde vivía, estaba anegado en agua y éstas se habían tomado al barrio; inundándolo todo. Ahora todo el barrio en donde yo vivía se había convertido en una pequeña Venecia, cuyas calles estaban llenas de agua por todas partes, y yo había despertado, sin darme cuenta, flotando sobre mi cama como si ésta fuera una balsa o aquella balsa que había construido aquel personaje mitológico de aquella novela clásica de Homero. Todas las casas del pequeño barrio donde vivía estaban inundadas hasta el techo. Intenté llegar hasta la puerta remando sobre mi cama, y, al llegar hasta la puerta intenté abrirla pero no pude, pues, la presión del agua no me dejaba abrirla. Luego pensé en mi mujer que había salido con Camilito, nuestro hijo, y que no daban señal de presencia todavía. Llevaban más de tres horas que habían salido de compras al mercado y todavía no regresaban, pero que ahora con éste aguacero y esta inundación se iban a demorar aún más. Todas las cosas que teníamos en la casa estaban flotando sin rumbo fijo por toda la casa, a excepción de algunos corotos pesados que se quedaron anclados en las profundas aguas de la inundada casa. Luego miré por la ventana y pude ver a mucha gente que sacaban las pocas cosas que no se les había mojado y las subían a los techos de sus casas. Seguí mirando por el vidrio de la ventana y pude ver a mi mujer y a mi hijo Camilito, que estaban subidos en un techo de una casa vecina, junto con otros vecinos de la cuadra, protegiéndose del agua que anegaba todo el lugar. No sé cómo se habían subido mi hijo y mi mujer en aquel techo, tampoco supe y llegué a saber en qué momento había ocurrido todo esto y como todo el barrio había quedado anegado y sumergido en agua. Esto para mí fue bastante extraño y muy confuso. Luego se me ocurrió la idea de quitar una lámina de eternit para poder salir de la casa, pues, la puerta del patio estaba también cerrada y tampoco la podía abrir por la fuerte presión del agua que ésta ejercía sobre ella y que me impedía salir. Quité con cuidado los ganchos que sujetaban al eternit y después rodé la teja a un lado y subí al techo de la casa. Cuando ya estaba arriba, pude ver con más claridad y buen panorama todo lo que había pasado en el barrio por el fuerte e inclemente aguacero que se había prolongado por casi dos horas y media, y, que dejó al barrio y al pueblo inundado hasta el cuello. Mi mujer y mi hijo de diez años, me vieron subir al techo de la casa, y, desde la otra casa vecina que estaba en la otra acera de la calle y diagonal a la nuestra, me gritaban desesperados si estaba yo bien y yo les contesté que sí, que no se preocuparan por mí. Toda la gente del barrio, al verme subir al techo, comenzó hacer lo mismo también. La gente se subía a los techos de sus inundadas casas, salvando lo poco que tenían. Así estuvimos un par de horas hasta que las aguas que habían inundado todo el barrio habían decrecido bastante. Después toda la gente comenzaba a bajarse de los techos y luego tomaban potes, baldes y todo tipo de recipientes para sacar el resto de agua que había quedado estancada en el interior de las casas. Yo también hice lo mismo. Coloqué el eternit nuevamente en su sitio y luego empecé a sacar el agua de la casa. Mi mujer y mi hijo, después que se bajaron de aquel techo vecino, entraron a la casa que estaba anegada por todas partes de agua y luego comenzaron ellos también a sacar agua a dos manos. A diestra y siniestra sacábamos el agua sin descansar hasta decir no más. Mi primer día de vacaciones de la empresa había comenzado con este percance que se había convertido en una emergencia general de todo el pueblo. Las horas fueron transcurriendo muy lentamente y fue cayendo la tarde y por último la noche. Después, para acabar de rematar el día, se va la luz (el fluido eléctrico) que nos había dejado en la más densa oscuridad. Todo el barrio estaba en la total oscuridad, y, esta nueva situación duró un mes completo. Mientras tanto, el barrio o mejor dicho, todo el pueblo debía iluminarse por las noches con velas y esto nos daba la sensación de que hubiéramos estado en la época antigua o medieval en donde la gente de aquel tiempo debían alumbrarse con antorchas o velas para poder ver durante las noches a sus semejantes. Esto me ocasionaba cierta rabia y malestar por lo que estábamos pasando. Porque dormir sin fluido eléctrico era bastante incómodo y muy fastidioso para muchos que estábamos acostumbrados a dormir con abanicos por las noches y aún durante el día por los intensos calores que hacía. A raíz de eso, tuve que improvisar con cinco baterías de carro, conectando a dos de ellos los abanicos para así poder aplacar el calor que hacía tanto en las tarde como en las noches y que a duras penas nos refrescaban un poco mientras arreglaban el sistema eléctrico del pueblo. En una de esas calurosas noches en que todos o casi todos dormían en sus cómodas y humildes casas y en sus respectivas habitaciones, salí soñando con muchos ataúdes negros. Era como un inmenso campo en donde podía ver muchos ataúdes de color negro como el más negro de los carbones. En dicho sueño no pude saber el número máximo o la cantidad que había, pero era bien grande la cifra de cajones negros. – ¡Dios mío! ¡Pero qué es esto! –. Me decía yo mismo muy sorprendido en el sueño al ver tanto y demasiados ataúdes negros. Esto debe ser un mal agüero. Al llegar la mañana, le conté el sueño a mi mujer, y, ésta me decía que era un simple sueño y que no me preocupara por eso. Pero yo le contesté: –No, eso no fue un simple sueño como dices tú. Algo malo va a suceder en éste pueblo. ¿No vistes lo que pasó el día treinta de abril? ¿No se te hace extraño que hubiéramos tenido por primera vez una inundación? Mira, llevamos ya quince días sin luz en todo el barrio –.

–Hay amor, eso fue una coincidencia y nada más. Tú sí te das mala vida por esas supersticiones e ideas de gente alocada –.

– ¿Y qué quieres decir tú con eso? ¿Qué me estoy volviendo loco también? –.

–No, yo no te quise decir eso. Lo que te quise decir era que no tomes muy apecho todo lo que veas o sueñes, nada más–.

–Bueno, eso fue lo que yo entendí –. Le decía con mucha seriedad a mi esposa. Luego me acordé también de aquella visión o aquel pensamiento que había tenido aquel día mientras leía la Odisea. No quise decirle nada a mi mujer de ese raro pensamiento que había tenido, sabía que mi mujer no le iba a prestar atención a aquellas ideas que eran para ella meras locuras o supersticiones. Mis días de vacaciones habían terminado con una resaca de necesidades que se nos había presentado y que nos había dejado aquella pasada inundación que habíamos tenido en el barrio y en todo el pueblo por culpa de aquel grande y fuerte aguacero. Algunas casas del barrio habían sufrido daños considerables que habían sido evacuadas de inmediato por el mal estado en que se encontraban y que podían caerse en cualquier momento por culpa de la humedad que había debilitado sus cimientos y paredes que también podían causar en cualquier momento una gran tragedia a sus habitantes o moradores. Por fortuna, nuestra casa no había tenido ni sufrido ninguna clase de daño alguno. Únicamente la pérdida de algunos enseres y corotos que se habían dañado y perdido por consecuencias del agua. Yo debía trabajar más duro para poder comprar aquellas cosas que se habían dañado y deteriorado por la gran inundación. Los pocos libros que teníamos también se habían mojado y ya no servían para nada. Únicamente me habían quedado veinte libros, entre los cuales estaba la Odisea y un libro que llevaba por título *"Lo que el viento se llevó"*; que si yo hubiera sido el autor le cambiaría el título por otro que dijera *"Lo que se llevó la inundación"*. Ya que nos había dejado casi sin nada, y que debíamos comenzar de nuevo. Luego, analizando detenidamente los dos libros que tenía en mis manos con esos dos títulos que tenían casi mucha relación, se me venía a la mente una idea muy perturbadora y que se me había convertido a la vez en una sicosis, pero no le dije a nadie acerca de esas perturbadoras ideas mías hasta el día en que conocí a don Emiliano Moscote, un mensajero que nos llevaba la correspondencia a nuestro sector y barrio. Cierto día iba pasando yo por el parque central del barrio o del pueblo y pude ver al anciano mensajero, que estaba casi para pensionarse, sentado en una de las bancas del parque bajo la sombra de un grande y frondoso árbol de almendro, en compañía de algunos conocidos del barrio. Me acerqué para saludar a Pablo, uno de los conocidos, buen amigo y vecino mío que estaba en esos momentos escuchando al anciano; junto con los otros cinco conocidos. Me acerqué y luego de haber saludado a Pablo y a los que estaban allí, me dispuse a escuchar también lo que aquel hombre de sesenta años les estaba diciendo. Éste hablaba de aquella extraña inundación que habíamos tenido en todo el pueblo, y, cuando lo escuché decir que había él soñado con aquel suceso que se había presentado por todo el pueblo, me inquieté un poco más y comencé a tomar cierto interés en el asunto. Enseguida pensé que aquel hombre era el indicado para poder hablar de aquellos sueños que había tenido y que me tenían muy preocupado y que únicamente habían quedado limitados a estar en mi cabeza todo el tiempo y no manifestárselo a nadie más. Pero al escuchar los comentarios de aquel hombre canoso, bastante regordete y lleno de vida y salud, me animé a hablarle de aquellos sueños que había tenido. Pero debía esperar que éste terminara de contar sus extraños sueños, experiencias y sucesos que se habían presentado en nuestro barrio Comuneros y en todo el pueblo. El hombre terminaba con una historia y luego comenzaba con otra. Eran unas historias muy largas que ya se me había hecho demasiado tarde. Decidí posponer mi intento de contarle al anciano todo lo que había soñado en aquellas noches para otra ocasión. Pero aquellas historias que estaba contando el anciano, habían aburrido tanto a los que estaban presente en aquella conversación eventual y pasajera que tenía el anciano, que luego comenzaron a abandonar el lugar, y luego yo me disponía también a irme para mi casa; cuando de pronto, aquel hombre me llama y me dice: –Don Camilo, con usted tengo que hablar –. Cuando él me dice eso, yo me sorprendí y luego le dije: ¿Conmigo? –Sí, con usted –. Los demás amigos y conocidos del barrio ya se habían ido y sólo había quedado yo con él. Luego, muy intrigado, le pregunté: –Señor Emiliano ¿De qué va hablar usted conmigo? –.

–Bueno, señor Camilo, lo que pasa es que tuve un sueño muy raro con usted hacen ya varios días y como estaba usted muy ocupado trabajando en la empresa, no podía encontrar la oportunidad para conversar con usted. Pero ya que lo veo por aquí, aprovecho la oportunidad para así contarle la inquietud que he tenido con usted y no puedo aplazar más esta inquietud que he tenido de usted, porque si la sigo posponiendo, para mañana puede ser demasiado tarde –.

–Bueno señor Emiliano, yo también quería hablar con usted. Pero ya que usted me dice que tiene también algo que contarme, empiece usted primero. Pero antes de que usted comience, le quiero preguntar sí es bueno o malo lo que me va a decir –.

–Bueno señor Camilo, en verdad no sé sí es bueno o es malo. No sé cómo lo vaya a tomar usted. Pero lo que sí le digo es que usted se tiene que mudar de su casa para otro lugar, porque lo que le voy a contar le va a parecer absurdo, raro o gracioso, en verdad no sé cómo lo vaya a tomar usted pero se lo tengo que decir, así sea que no me crea o piense usted que me estoy volviendo loco. Eso a mí no me interesa, pero yo cumplo con decírselo. Allá usted sí me cree o no, sí me escucha o no; pero yo salvo mi responsabilidad con usted –.

–Bueno señor Emiliano, cuénteme entonces cuál es su inquietud con migo, porque en verdad me está usted preocupando mucho –.

–Bueno, pasa y resulta que hace tres noches atrás soñé que usted, su mujer y su hijo se encontraban atrapados en su casa por un gran río de lava incandescente de fuego o candela que no los dejaba salir de su casa, porque ésta se encontraba rodeada de lava por todas partes que no los dejaba salir a ustedes y no podían salir, pues como estaban atrapados; no podían encontrar ustedes la salida y tampoco tenían escapatoria alguna del lugar. Pero eso no fue solamente lo que soñé, sino que también veía a toda la ciudad rodeada de lava por todas partes y una gran avalancha de mucho lodo bajaba del volcán arrasando con todo lo que encontraba a su paso. E intentado hablar con la gente acerca de esos sueños, pero no me quieren creer y algunos me dicen que estoy loco o que me estoy volviendo loco. Otros piensan que son simples historias de miedo o cuentos para espantar a la gente, pero no es así. Sino que debe ser un presagio de algo malo que viene para este pueblo o ciudad –.

–Pero señor Emiliano ¿Usted sabe cuándo va a pasar aquello que me está diciendo? –.

–Bueno mijo, en verdad no sé en qué momento va a pasar aquello, porque en el sueño que tuve no vi número, ni mucho menos fecha alguna posible de lo que va a pasar. Únicamente vi mucho espanto, muerte y terror por todos lados y eso es un mal augurio de que aquí va haber un gran desastre que va acabar con todo el mundo. No sé cuándo pero de que viene aquello que le estoy diciendo, viene. Se lo digo a usted para que vaya pensando en salir de este pueblo con su familia antes de que aquello acontezca y sea demasiado tarde para usted y su familia. Y espero que se mude pronto de aquí porque no se sabe cuándo va a ocurrir lo que ya le he manifestado –. Cuando el señor Emiliano terminó de contarme el sueño y lo que iba a acontecer, tuve mucho miedo y una sensación lúgubre, como de escalofrío. La piel se me había puesto de gallina y los vellos se me erizaron como cuando un gato lo asustan o lo ataca un perro. Era una sensación muy fea y espantosa la que tuve después de haber escuchado aquellas cosas que me había dicho el señor Emiliano Moscote. Aquel sueño que me había contado el señor Moscote tenía mucha relación con el sueño extraño y sombrío que yo también había tenido. El señor Emiliano y yo no sabíamos qué clase de tragedia o cataclismo iba a tener la ciudad. Nosotros, mi esposa y yo, tuvimos que optar por emigrar lo más pronto posible para otra ciudad o pueblo y salvar nuestras vidas de aquello que no sabíamos cuando iba a ocurrir. Estábamos a expensas de un enemigo silencioso que no sabíamos cuando iba a desarrollar su plan destructivo contra el pueblo y nosotros. Aquellos sueños que presagiaban un grandísimo desastre, eran como una advertencia pre profética de algo que se estaba vaticinando y que se venía para encima, que no sabíamos que era, que no debíamos pasar por alto y que teníamos que huir lo más antes posible; antes que se manifestara aquella extraña pero anunciada tragedia.

–Bueno señor Camilo. Ahora cuénteme lo que usted también me iba a decir –.

–Bueno señor Emiliano. Lo que le voy a decir, pareciera que tuviera mucha relación con lo que me acabó de contar. Hace días salía soñando con muchos ataúdes negros, pero eran muchos cajones negros, y es la hora y no sé lo que significaba ese sueño; pero después que usted me dijo todo aquello, empiezo a creer que en verdad algo muy grave y terrible viene para este pueblo y es mejor que salgamos de aquí cuanto antes, o mejor dicho ya –.

–Bueno mijo, yo sí lo creo también. Porque esto está muy maluco y huele a maluco –. Cuando llegué a mi casa, intenté convencer a mi mujer, pero esta no se dejó manipular, persuadir ni sugestionar por aquellas ideas mías que no la hicieron cambiar de opinión. Lo único que pudo decir mi mujer fue que de su casa la sacaban encajonada. Expresión aquella que me dio mucho miedo cuando la dijo en ese momento. El anciano mensajero sí cumplió su cometido: Se fue del barrio y de la ciudad para otro lugar, pues ya lo habían pensionado y con la platita que se había ganado por su jubilación se había comprado, en otra ciudad, una casa. Yo me quedé con la triste idea de permanecer en la ciudad y vivir con la zozobra y la sicosis de estar viviendo en un pueblo que ya era una modesta ciudad que se encontraba ubicada sobre una gran bomba de tiempo que no se sabía en qué momento iba a explotar y a causar lo que tanto me temía por culpa de mi mujer que no quería mudarse a otra ciudad, pues ella no quería escuchar mis alocadas ideas y caprichos de gente loca y demente como ella lo creía, hasta que un día mi propia mujer se le metió la idea de mudarse a otra ciudad. Yo no sabía cuál había sido el repentino cambio de decisión, después que ella misma me había dicho que de esa casa solamente la sacaban encajonada, es decir muerta. Aquella extraña y repentina decisión que había tomado mi mujer de irse a vivir a otro lado me causó bastante curiosidad, pero yo no le pregunté nada. Aquello lo vine a saber después de varios meses cuando ella misma me había confesado que había tenido un sueño muy extraño. En el sueño que ella había tenido veía a nuestro hijo que flotaba ahogado en el agua. Aquel suceso generó en mis esposa una tremenda sicosis y perturbación extrema que la había hecho cambiar de parecer. Ella no me había dicho nada en ese entonces, porque según ella yo la iba a juzgar por aquellas ideas que también había tenido y que ella misma había catalogado de absurdas y de gente loca y desquiciada. Ahora el turno era para ella, que a la vez la hacía rebajarse y aceptar con resignación aquellos designios extraños que anunciaban el evento de una posible catástrofe natural y que podía venir de parte de Dios, y que aquellas cosas o sucesos no eran meros caprichos de unos cuantos que imaginaban cosas por simple pasatiempo o supersticiones sin ninguna clase de sentido racional o normal. Pero lo que sí me tenía confundido, preocupado y pensativo era la manera de cómo se iban a desarrollar aquellos acontecimientos trágicos que tenían a nuestro pueblo en su lista de destrucción. No sabía sí aquella devastadora destrucción era con una inundación o en candela viva, porque los sueños eran muy distintos y variados que presentaban situaciones distintas o muy diferentes pero que anunciaban una tragedia y una gran devastación, pero que también tenían mucha concordancia y daban la idea de que venía un gran desastre. Sea cual fuera la forma de destrucción en que se iba a desarrollar la tragedia, nosotros debíamos de salvar nuestras propias vidas y aquellas cosas eran una advertencia de que debíamos de salir y huir para no sufrir las consecuencias funestas de lo que aquellas raras señales y sueños nos estaban anunciando. De todas formas, aquellas raras señales y presagios eran el pronóstico de una destrucción anunciada y sólo se salvaba el que en verdad creyera en ellas y yo fui uno de esos crédulos que sí atendió el llamado divino o lo que fuera. Yo había soñado con muchos ataúdes, el señor Emilianito con lava y candela y mi mujer con muchas aguas y muchos ahogados. Esto no era más que un rompecabezas en donde se tenían que armar las piezas para ver con más claridad las posibles situaciones que irían acontecer en aquella anunciada gran tragedia en la que irían haber muchos muertos y víctimas del siniestro. Yo quería mudarme enseguida, pero no era fácil puesto que teníamos que buscar casa en otra parte y vender nuestra antigua casa para así poder salir del lugar, pero no dábamos con el comprador; ni tampoco hallábamos una buena casa en los otros lugares lejanos en donde íbamos. Mi esposa y yo sacamos el tiempo y nos turnábamos cada mes en las diligencias de buscar, rápidamente, casa y el comprador para la que teníamos. Pero sentíamos que el tiempo y nuestra vida, poco a poco estaban llegando a un desagradable final y que en cualquier momento iban a terminar en una tragedia que no sabíamos cuando iba a llegar o acontecer. Mi mujer y yo vivíamos muy tensionados, pues cualquier ruidito extraño, cualquier estallido o fenómeno natural que veíamos que pasaba en el barrio, y, nos hacía creer que ya había llegado la hora de la tragedia. Nos habíamos puesto muy pesimistas y supersticiosos por pequeñas cosas o pequeños sucesos normales que pasaban en el barrio, pero que para nosotros podían convertirse en una tragedia mayor. Estábamos siempre a la expectativa de todo lo que pasaba y sucedía en nuestro barrio para así estar prevenidos y huir en el momento preciso y oportuno. Pero esto no era garantía suficiente para nosotros, porque el desastre nos podía coger de sorpresa cuando estuviéramos distraídos, durmiendo, en cualquier momento en que nosotros no estuviéramos pensando en ello o cuando estuviéramos descuidados, y, para evitar todo eso y estar viviendo siempre esa zozobra que nos tenía muy agobiados y tensionados todo el tiempo, debíamos actuar rápido y sin demora alguna. Nosotros habíamos pensado en cambiar nuestra casa con otras personas que vivían en otra ciudad, pero al intentar el trueque o el cambio, algún obstáculo se nos presentaba, pues la gente nos preguntaban del porqué queríamos cambiar de casa. Esa pregunta y muchas otras nos tomaban, a mí y a mi mujer, fuera de base; que teníamos que inventar cualquier excusa o respuesta para eludir el verdadero motivo o la verdadera razón del porque queríamos cambiar nuestra casa con ellos para así no perder la oportunidad de abandonar nuestro pueblo y salvar nuestras vidas de lo que estaba por venir. El miedo y el desespero por querer salir de nuestro pueblo nos habían convertido en personas insensibles y egoístas y que sólo pensábamos en nosotros mismos y en nuestro bienestar y no mirábamos los riesgos que esas personas iban a correr también al venderles la casa o al hacer el cambio con ellas. Nosotros sabíamos muy bien el riesgo en la cual estábamos metiendo a esas personas y que por la cual estábamos pasando y viviendo en esos momentos, pues ellos no tenían tampoco la culpa de lo que nos iba a acontecer. Pero en esos momentos después, me sensibilice con esas personas y tomé la decisión de abandonar mejor nuestra casa e irnos así y no realizar esa mala acción de vender o cambiar nuestra casa con aquella gente y evitar que ellas mismas corrieran el mismo riesgo por la cual estábamos pasando nosotros y no desgraciarles sus vidas, pues eso era un acto de cobardía y una horripilante maldad.

–Saben qué, mejor no. discúlpenme la molestia, ya no quiero cambiar con ustedes de casa. Me voy. Muchas gracias por su atención –. Les dije después de haber reflexionado por un momento y después de haberlo pensado un poco por lo que estaba intentando hacer con esas personas que en verdad no tenían culpa de nada y que no se merecían pasar por lo que nosotros íbamos a pasar y que andábamos en una gran zozobra que no nos dejaba tranquilo día y noche. Al llegar a casa, después de dos horas de viaje y sin haber resuelto nada para vender o cambiar nuestro inmueble y poder salir de nuestro barrio y de la ciudad, pues yo mismo había desistido de aquello, nos conformamos con la idea de seguir viviendo nuestra gran zozobra y nuestro gran calvario de vivir en una ciudad que estaba a punto de padecer y perecer en un suceso que no sabíamos cuando iba a ocurrir y que nos iba a coger desprevenidos en cualquier momento de nuestras vidas. A la muerte la teníamos como acompañante y escolta de nuestras fatales vidas en peligro, y, detrás de nuestras orejas y espaldas, podíamos sentir el susurro o zumbido de su presencia como la de una mosca o abeja alrededor nuestro. Buscábamos otra forma o manera de salir de nuestra casa y de la ciudad y evitar así nuestra tragedia que podía suceder en cualquier momento y sin aviso alguno. Los días pasaban y con ellos nuestras vidas agonizantes y que se iban en cada respirar o suspiro que dábamos por culpa de aquellos presagios que nos tenían con los pelos de punta, pendiendo de un hilo o de una cuerda floja. Mientras tanto, yo me encontraba en el baño de mi casa, frente al espejo, afeitándome la exuberante barba que tenía de hace ya una semana. Luego que terminé de rasurarme, abrí la llave y comencé a bañarme. Tomé el jabón y me enjaboné de pies a cabeza. Cuando estaba totalmente enjabonado, comencé a escuchar una algarabía que provenía de la calle. Me enjuagué de inmediato para salir del baño y ver lo que estaba ocurriendo afuera en la calle. Salí del baño, luego de haberme vestido, y me dirigí a la puerta en donde estaba mi esposa Laura y mi hijo Camilo. –¿Qué pasa, qué sucede? –. Pregunté a los que estaban como espectadores en la puerta. Nada, una loca que está gritando que el mundo se va acabar y tiene a la gente del barrio alborotada con sus pronósticos y predicciones de pacotilla. Me contestaba un señor bastante alto y delgado. Era el tío de mi esposa que se encontraba hablando en ese momento con mi mujer y que luego, al escuchar ellos también aquella algarabía, salían para ver quién era la mujer que gritaba aquellas locuras o absurdos como decía la gente de mi pueblo.

Muchos que la escuchaban gritar se burlaban de ella, pero aquella demente mujer seguía gritando y vociferando sus presagios y frases incoherentes que intentaban convencer a la gente de que abandonaran el lugar. Yo no había pensado en esa metodología, y, si lo hubiera pensado no fuera tampoco capaz de anunciar tal cosa o tales acontecimientos a los cuatro vientos como lo estaba haciendo aquella mujer que en su locura era valiente al divulgarlo al público, pues me hubieran tratado también de loco como estaban tratando a aquella mujer mal vestida y con mirada desorbitada. Esa mujer sí tuvo la molestia y la osadía, pues su condición se lo permitía, anunciar aquellas cosas o designios que estaba fuera de lo normal o común al vasto público receptor que fueron rebeldes e incrédulos a tales pronósticos y a la voz de la anunciadora que estaba perdiendo su tiempo inútilmente ante una población que era dura de cerviz y de corazón. Nadie quería saber nada de lo que aquella mujer decía, pues, su apariencia daba la impresión o la sensación de no haberse bañado durante meses y su condición juzgaba por sí misma. Pues tenía la apariencia de una verdadera loca, o la de un gamín o cualquier otra cosa que se le pareciera. La mujer andaba por todo el barrio voceando la expresión:

"Huyan por sus vidas, salgan de este barrio y de esta ciudad porque se viene una gran catástrofe y muchos van a morir."

Yo sí le creí a esa mujer que gritaba con mucho desespero aquellas expresiones de advertencia y que estaban cargadas de juicios. Aquellas expresiones daban confirmación de aquellos sueños y presagios que mi mujer y yo habíamos tenido y que me daban a entender que no eran unos simples sueños normales o meras locuras y que no estaba loco o me estaba volviendo loco como mi mujer me lo había dado a entender o me lo había expresado una vez. Aquella mujer terminaba cansada, exhausta y con una gran tristeza por no haber conseguido sus propósitos de convencer a la gente de mi pueblo de lo que se venía para encima y que ya estaba sobre avisado o advertido por el destino. La mujer, sentada en una de las bancas de madera de la pequeña plaza del barrio, se comía como su cena un pedazo de pan con queso. Yo, cuando la vi me dieron ganas de invitarla a cenar en nuestra casa para así platicar con aquella extraña mujer que no me inspiraba ninguna clase de desconfianza, sino compasión y lastima por verla en aquella deprimente situación en que se encontraba ella.

–Discúlpeme ¿Me puedo sentar aquí? –.

–Sí señor, la banca es pública –. Duré algunos cinco minutos en silencio, analizando disimuladamente a la mujer y después le pregunté de dónde venía. –De muy lejos –. Me respondió la mujer sin más explicación. Esa respuesta fue lo que me hizo entender que aquella mujer no estaba loca como muchos la daban o la hacían ver sino que aquella apariencia de aquella mujer y sus fachas la hacían ver como una autentica loca o una indigente de la calle. – ¿Pero qué fue lo que la hizo venir de muy lejos y llegar hasta aquí? –. Pregunté muy intrigado a la mujer y así pude iniciar una buena y estable conversación con ella. El tiempo transcurrió y pude invitar a aquella mujer a cenar en la casa. Parecía un trabajo difícil pero no fue así, porque ella muy gustosa aceptó mi invitación y después nos levantamos de la banca. Cuando llegamos a la casa, mi mujer se sorprendió al ver aquella extraña mujer que parecía una loca. Mi esposa me llamó aparte para regañarme por la mujer que había traído a la casa, pero yo le expliqué las razones por la cual había traído a la mujer, luego le dije también que aquella mujer era un ser humano cuerdo que no tenía ninguna clase de enfermedad mental y que sólo estaba de paso, trayendo un mensaje de vida o muerte y que para nosotros ya no era extraño, pues también habíamos tenido esas predicciones que nos anunciaba una gran tragedia. Mi mujer y yo salimos de la cocina después de haber tenido esa corta charla. Luego nos sentamos con nuestro hijo a la mesa para disponernos a cenar con aquella extraña invitada. Mi mujer no estaba un poco gustosa con la presencia de aquella mujer en nuestra casa, pero yo tenía el presentimiento de que esa mujer debía estar con nosotros. Yo no sabía cuál era ese raro presentimiento, pero mi mujer debía aceptar su presencia en nuestra casa quisiera o no, pues ya yo la había traído a la casa y no podía echarla como cualquier animal a la calle. A la mujer la hice bañar primero antes de cenar y luego la hice vestir con una buena ropa que mi mujer ya no usaba, pero que estaba en muy buenas condiciones. Después que terminamos de cenar, la mujer nos comenzó a explicar cómo había hecho su travesía hasta nuestro creciente pueblo y barrio para traer de tan lejos aquel mensaje de advertencia que les había dado a todo el pueblo y a todos los otros pueblos aledaños al nuestro. Nuestro pueblo fue el último en ser anunciado y advertido de las consecuencias funestas que se presentarían en cualquier momento inoportuno.

–Bueno señora Miguelina ¿Cómo sabe usted que aquí va a pasar algo malo? ¿Cómo se enteró de aquellos misteriosos acontecimientos fatales o quién le dijo a usted que en este pueblo va a pasar lo que usted dice que va a pasar? –.

–Lo que he proclamado por las calles nadie me lo ha dicho. Yo lo soñé, pero nunca le presté atención a esos sueños que había tenido hasta que un día tuve otro sueño bastante raro y veía en él como una amiga mía era mordida por una serpiente muy grande y luego se moría. Yo le viene a prestar a tención tres meses después de haber tenido aquellos sueños y cuando este último se había cumplido de una manera casi idéntica a la que había soñado. Pues, al día siguiente, yo salía con una amiga mía a dar una caminata por una vereda y al pasar por un estrecho y extraño camino una culebra nos salía al encuentro, pero ésta mordía en el brazo a mi amiga y después de aquella fatal mordida, mi amiga caía al suelo paralizada por aquella mordida que le había dado la serpiente. Yo comencé a pedir ayuda, pero nadie venía en mi auxilio y cuando la quise llevar a una clínica, ya estaba muerta y sin signos vitales. Después de aquel desafortunado incidente, volvía a soñar con aquellos raros sueños y fue donde supe que eran un designio de que algo grave iba a ocurrir, pero que yo no sabía dónde era aquel lugar y no podía dar el anuncio de aquella devastadora destrucción. Pero en otro sueño sí pude ver la zona geográfica en la que se iría a desarrollar aquel terrible acontecimiento y cuando lo supe y analice las características del lugar, en seguida me puse en marcha. Pues, en el sueño había visto una señal más clara. Era la señal de un letrero que decía en letras mayúsculas ASNEROS. Alguno o todos los sueños o visiones sí se cumplen, pero cuando uno quiere hacer algo, ya es demasiado tarde. Por eso vine a este pueblo, para dar un aviso de vida o muerte, pero lo que he conseguido son burlas y ofensas. Nadie quiere escuchar a una loca como yo –No diga eso, Miguelina, que yo sí le creo a lo que usted me está contando y a sus palabras. Por eso es que mi esposa y yo queremos salir pronto de este lugar, porque mi mujer y yo sabemos que algo muy grave y muy malo va a suceder muy pronto en este pueblo; pero nosotros no hemos podido encontrar la manera de vender esta casa y salir pronto de aquí. Aunque ya lo intentamos hacer, pero no sería una buena opción para el que la comprara o la intercambiara con nosotros –.

– ¿Pero para qué querían vender o intercambiar una casa que de todos modos iba a ser destruida? Yo si fuera ustedes, saldría volando de esta casa y de este lugar sin pensarlo dos veces –.

Mi esposa y yo nos quedamos mirándonos las caras y luego le dije a la mujer: –Si salimos de aquí ¿Para dónde iremos y en dónde viviremos? –.

–Pues en mi casa. Si usted y su esposa me invitaron muy gentilmente a la suya y me dieron de comer, por algo fue. De pronto esto que usted hizo con migo es un propósito del destino o de Dios que haya estado con ustedes y no con otras personas. Usted de pronto sepa por qué se lo estoy diciendo –.

–No, en verdad no sé por qué usted me lo está diciendo –.

–Porque yo también tuve un sueño, en el cual yo estaba hospedando a tres personas en mi casa y una de esas personas era un niño y ustedes cumplen con todos los requisitos del presagio y son el número perfecto. Así que tomen sus cosas y vámonos de aquí, antes que venga el desastre –. Al día siguiente, yo había contratado un camión para salir de la casa y del pueblo. Recuerdo claramente que fue un domingo en la mañana. La gente, muy curiosa por saber para donde nos estábamos mudando, nos preguntaba qué para donde nos íbamos. No dimos muchas explicaciones. –Nos vamos para otra ciudad –. Fue lo único que les dije para eludir el verdadero motivo de nuestra partida. – ¿Y ya vendieron la casa? Nos preguntó una vecina que era muy chismosa y entrometida. – ¡No! –. Le contesté a ella y a otros

curiosos más que querían saber todo. – ¿Y entonces a quién le van a dejar la casa? –.
–Pues no sabemos todavía –. Les volví a contestar a todos aquellos que nos preguntaban mucho. Cuando ya todas las cosas estaban en el camión, emprendimos el viaje para nunca más volver a nuestro pueblo y a nuestro barrio, pues sabíamos que más nunca íbamos a ver a nuestro barrio y pueblo. La mujer, que nos había dado la gran idea de irnos a vivir en su casa, pues vivía sola en una gran casona y no quería pasar mucho tiempo más viviendo sola en una enorme casa, nos había dejado la dirección de su casa y se fue adelante; pues yo le había pagado el transporte de regreso a su casa para que ella nos recibiera allá en su casa. Mi mujer y mi hijo Camilito, se fueron también con la mujer y yo me quedé con el camión de la mudanza. Por fin habíamos salido de nuestra casa y de nuestro pueblo. Ya no teníamos aquella zozobra y angustia de que en cualquier momento nos iba a pasar algo malo que acabaría con nuestras vidas y la de nuestro pequeño hijo Camilo por culpa de aquellos pronostico y aquel suceso que no sabíamos en qué momento iba a ocurrir y nos iba a quitar la vida. Aunque la muerte se encuentra en todas partes y en cualquier momento y lugar, nosotros no queríamos morir aún. Ahora en nuestro pueblo y barrio se quedaban los incrédulos y aquellos pesimistas que no les importaba nada de lo

que sucediera o pasara en ese lugar que estaba condenado a perecer por una tragedia ya anunciada y que podía ocurrir en cualquier momento de la vida y que ahora sólo me quedaba ver desde otro ángulo de la historia lo que ocurriría en el futuro con mi antiguo pueblo Asneros.

Capítulo 2.

Asneros era una ciudad pacífica y tranquila hasta el día que se comenzó a ver una pequeña humarada que salía de uno de los montes que tenía la ciudad. A la verdad no era ningún monte. Era un gran volcán que estaba dormido por millones y millones de años y que ya comenzaba a dar pequeñas bocanadas de humo, también daba pequeñas muestras de querer despertar de su gran sueño milenario. La nieve perpetua que estaba sobre él y que lo había cobijado por muchos millones y millones de años, se derretía muy lentamente por la acción del calor que tenía en su interior. Esto, para los habitantes del pueblo, se había convertido en algo normal y natural que luego no le dieron mucha importancia, pero yo sí le había dado mucha importancia. Aquellos rumores que se escuchaban de aquellos pesimistas y ascéticos eran ciertos, porque yo comencé a tener un mal presentimiento o presagio sobre las cosas raras que estaban sucediendo en nuestro pueblo. Esas señales de vida que estaba dando aquel durmiente volcán era una de ellas. Los días iban pasando y el humo o vapor que se levantaba de aquel inofensivo volcán, crecía más con el tiempo, aunque éste no daba señal de peligro alguno todavía, pero sí preocupaba bastante. Aquel cráter era como una chimenea que botaba humo o vapor sin cesar día y noche. Arturo y yo hicimos una excursión y una pequeña exploración por aquel lugar para poder así ver la magnitud de aquel raro acontecimiento que ya estábamos empezando a contemplar en nuestro pueblo y que no generaba hasta el momento ninguna clase de peligro alguno, pero que sí llamaba mucho la atención por su constante emanación de humo y vapor. Subimos hasta la cima del volcán y pudimos ver un gran agujero en forma de caldera que estaba lleno de agua caliente que bullía con toda su fuerza, pero que con el tiempo se enfrió un poco y sólo se había convertido en agua tibia y que luego la gente había convertido en una especie de baño termal público o en un balneario público por aquella idea que había tenido Arturo y que luego más tarde se hizo realidad.

–Mira Francisco, es agua caliente –.

–Sí, ya lo estoy viendo. ¡Pero qué vas hacer! –. Le dije muy sorprendido y temeroso a Arturo, cuando lo vi en actitud de descender hasta abajo de la boca del cráter. Temí que le fuera a pasar algo por su necia curiosidad de saber a qué estado estaba tan caliente el agua.

–Voy a ver qué tan caliente está el agua. De pronto convirtamos a este lugar en una zona turística y ganemos mucho dinero por tener en nuestra región una gran laguna termal –.

–Qué zona turística y que ocho cuartos. Sal de ahí, ¡No ves que eso está hirviendo como un demonio! –. Le dije a mi amigo, no confiando en sus tercas intensiones de querer meterse dentro de aquel cráter de agua caliente. En esos momentos, comencé a imaginarme cosas muy raras y una de ellas era sobre ese dichoso lugar en donde nos encontrábamos parados. << *¿Qué pasaría si este volcán en donde estamos parados llegara hacer erupción?*>> Pensé yo. Luego comencé a imaginarme un sin número de situaciones trágicas que se presentarían si ese volcán estallara en cualquier momento. En esas macabras imaginaciones mías, veía como nuestro pueblo de Asneros era arrasado despiadadamente por un río incandescente de lava que consumía en cuestiones de segundos todo lo que encontraba a su paso. Nuestro barrio llamado Comuneros era el primer barrio en estar en la enorme lista destructiva del volcán. Éste, como un gran león durmiente, no insinuaba peligro alguno todavía, pero que en cualquier momento podía despertar y devorarse en un instante a toda la ciudad con sus quince barrios y no se salvaba nadie, pues toda alma que habitaba confiada perecería en el gran desastre, si este se formaba de un momento a otro. Aquellas imaginaciones mías pasaban de ser meras imaginaciones mentales y se convertían en una visión profética y catastrófica de lo que pasaría con nuestra ciudad y sus habitantes si llegara a explotar el volcán. Pero lo que no se sabía con toda certeza y que tampoco pude calcular ni mucho menos concluir, era sobre cuándo y en qué momento irían a pasar tales acontecimientos devastadores. Quise buscar alguna explicación lógica a esas raras ideas mías que me rondaban por la mente, pero no pude sacar ninguna clase de conclusión al respecto; sólo me llegaba la idea de huir, abandonar el pueblo y salvar así mi vida y la de mi mujer. Luego de eso, le manifesté de aquellas alocadas ideas, imaginaciones y conjeturas mías a mi amigo Arturo, pero éste sin vacilar me respondió: –¡Qué va! ¡Aquí no va a pasa na! Aquí nunca ha pasado na de lo que me estás diciendo, ni tampoco pasará. Eso es nada más que puras imaginaciones tuyas. Tú a todo le quieres sacar una explicación o una razón. Y te lo repito otra vez, aquí en nuestro pueblo nunca ha pasado na y tampoco pasará –.

– ¿Y tú qué sabes de eso? De pronto pase. Uno nunca sabe. Siempre para todo puede haber una primera vez –.

–Tú sí eres bastante trágico y pesimista Francisco. Lo que me estás diciendo no tiene sentido –. Yo me quedé por un momento callado y pensando en lo que mi amigo me había dicho y en lo que yo había pensado. Esa inquietud que comencé a tener era como un mal presagio o pronóstico de algo malo que iba a pasar, pues desde que comenzó a botar humo y a derretirse el hielo de aquel volcán que estaba aún inerte y sin dar verdaderas señales de peligro, me causaba mucha preocupación y temor, porque cuando un volcán comenzaba a dar esas señales de vida era porque estaba a punto de despertar de su profundo sueño milenario. El volcán llevaba más de tres meses echando humos como los indios cuando se comunicaban con otras tribus aledañas para darles un mensaje o comunicarse entre ellos, y, esas señales que nos estaba dando aquel volcán era un mensaje que podía ser de vida o muerte, pero a la gente no le alarmaba eso ni le daban mayor importancia alguna, pues todos vivían sus vidas normales. Y como todas las cosas que pasan o suceden, sólo le daban importancia cuando ya han pasado los desastres. Todos los habitantes de mi pueblo veían aquellas cosas como algo natural y muy normal, ya que en nuestra ciudad no había pasado ningún desastre, acontecimiento importante o de mayor trascendencia que nos hubiera marcado para mal, por eso era aquella actitud pasiva y tranquila que tenían todos los habitantes de Asneros frente a cualquier fenómeno natural que no nos había causado ninguna clase de daño alguno y que sólo nos limitaba a ver las cosas como algo normal, natural y de poca importancia. Al caer la noche, yo me encontraba ya acostado en mi cama. Luego mi mujer se sentaba al borde de la cama después de haberse puesto aquellos pocos tubos en la cabeza, es decir sus rulos, su batón largo y una mascarilla de barro que le había traído yo del volcán para que se la untara en la cara para que se les quitaran las arrugas que dejaba el paso de los años. Luego mi mujer me comentaba sobre unos vecinos que vivieron en la otra calle y que se habían mudado para otra ciudad, disque porque habían escuchado decir a una loca que huyéramos de aquí porque iba a venir un desastre que destruiría y acabaría con todo el lugar sin previo aviso, y que la única manera de salvarse de aquel estrago y desastre era abandonando el pueblo; pero nadie había creído a esas locuras. Cuando mi mujer me dijo eso, me levanté de inmediato. Ésta, al ver mi reacción repentina, se asustaba un poco por la manera como reaccioné al escuchar lo que me había dicho. – ¡Ay mijo, me asustaste! Por poco y me da algo. ¿Qué fue lo te pasó? ¿Y por qué te levantaste así? Parecieras que hubieras escuchado una mala noticia o algo así –.

–Sí, eso es una mala noticia para mí y una mala señal –.

– ¿Y por qué lo dices? –.

–Yo sé porque lo digo. ¿Y desde cuando se mudaron de aquí aquellos vecinos que dices tú? –.

–Ya tienen tres meses y tres días –. Me decía ella. Era el mismo tiempo que tenía el volcán de estar así, dando señales de humo y que estábamos pasando por alto.

–Deberíamos de irnos nosotros también de este lugar –.

–Haber ¿Y por qué? ¿Qué nos ha hecho este lugar para que nos vayamos de aquí? Si hay algún motivo justificable dímelo –.

–Bueno, hasta ahora no nos ha hecho todavía nada, pero yo presiento que nosotros debiéramos de irnos también de aquí –.

–Pero dime el verdadero motivo por el cual debemos irnos de aquí –.

–Bueno, todavía no lo sé –.

–Y entonces, ¿Por qué esa rara y repentina decisión tuya de querer salir de aquí? Sí nosotros nacimos aquí y aquí nos hemos de morir –.

–Bueno pues, serás tú la que se muera en este lugar, porque el día que yo decida irme de aquí me voy y te dejo aquí zampada –. Después de aquella plática nos dispusimos a dormir y dejamos aquella conversación para otra oportunidad. Mientras tanto, yo tomaba mi almohada, me daba media vuelta en la cama para el otro lado de la pared; quedando yo a espaldas de mi mujer y luego me colocaba la almohada en la cabeza para así de esa manera conciliar el sueño. Llegada la mañana, desperté y pude ver por la ventana que el volcán había bajado su nivel de emanación de vapor y humo, pues las fumarolas habían decrecido de una manera considerable, como si el volcán estuviera regresando a su antiguo estado normal o como si estuviera entrando una vez más a otro estado de somnolencia o sopor. Mi amigo y yo regresamos al volcán para ver lo que estaba ocurriendo. El agua, que en días pasados hervía con toda su fuerza y vigor y que estaba a su punto como para cocinar pollos, estaba en ese momento casi tibia cuando volvimos al volcán. El agua no estaba ya tan caliente, y cualquiera se podía meter y darse baños de agua tibia sin ningún problema, pues el nivel de ebullición había bajado mucho. Arturo se quitó la ropa y descendió al agua para ver que tal estaba. Éste me daba una señal con sus manos, dándome a entender que todo estaba correctamente bien, pues su calificación era excelente.

–Ven Francisco, que esto está como de película – Me decía Arturo con una alegría desbordante. Yo, al ver que mi amigo se daba un buen chapuzón con aquella alegría en aquella agua tibia y después que éste me había invitado a nadar, me metía también en aquella agua tibia para acompañarlo, después de haberme quitado la ropa. El agua estaba tibia y relajante. Esa fue la única vez en que le hice caso sin titubear a mi amigo. Me sentía bastante bien. Puedo decir que fuimos los primero que inauguramos aquellos termales y desde ese entonces el lugar se había convertido en un lugar turístico, en donde llegaba mucha gente de todas partes para bañarse en aquellas aguas tibias y relajante, pero yo no lo frecuentaba por aquel temor que me invadía y que me decía que en cualquier momento aquel lugar podía convertirse en nuestro peor enemigo y yo debía guardar una distancia prudente frente a aquel enemigo silencioso que podía estallar en cualquier momento y que yo no quería ser una de sus víctimas. Duramos un buen rato bañándonos, Arturo y yo, en aquel lugar hasta que se cansara mi amigo. Cuando ya habíamos salido, Arturo me decía: –Ya viste Francisco. No nos pasó nada. Ahora sí podemos convertir a este lugar en una zona turística –. Yo no le dije nada, pues prefería callar y darle la razón por primera vez a mi más terco de los amigos. Todo estaba bien, aparentemente, en ese momento, que me había olvidado de aquellas ideas que había tenido el día anterior. Era la primera vez que yo fallaba en mis conjeturas con mi amigo Arturo y le daba méritos a sus razones. Pero en lo más profundo de mi ser, había algo que era como una duda que todavía no estaba bien claro, que no encajaba aún con migo y que nunca se lo había manifestado a mi amigo y a nadie más. Después de dos días, Arturo había corrido la noticia por todo el vasto pueblo y el lugar se había llenado de mucha gente que venía a ver aquella maravilla natural de recreación y esparcimiento. Yo, desde ese entonces, dejé de andar con Arturo; porque éste había cogido la costumbre de ir siempre a ese lugar, y además había tomado aquello como un gran negocio y yo no quise participar de él. En verdad había venido gente de todas partes y de otros lugares remotos de la tierra para darse chapuzones de agua tibia en ese gran hoyo que era a la vez la boca de un cráter volcánico que podía estallar en cualquier momento y causar una gran tragedia. A la gente o al ser humano siempre le ha gustado la adrenalina y el peligro y aun así se divertían en él, como burlándose de aquel que en esos momentos dormía sosegadamente en su lugar. Yo estaba como simple espectador y no decía ni manifestaba palabra alguna por temor a la incrédula gente que no veía aquello como un peligro potencial que pudiera ocasionar una tragedia. La gente no veía ni sentía lo que yo presentía en mis premoniciones. Todo era diversión, alegría y felicidad. Pero lo que no sabía yo y aquella gente era que aquella felicidad con la cual estaban gozando alegremente se iría a convertir, mañana más tarde o en un futuro no lejano pero sí muy cercano, en lamentos, tristezas, mucho dolor y muerte. Eso era lo que sentía yo y no podía renunciar o abandonar aquellas ideas que me perturbaban día y noche. La ciudad, que nos había visto nacer y crecer a mi esposa, a mí y a nuestros hijos que ya habían emprendido sus diferentes caminos en la vida, nos estaba anunciando un futuro desastre que como buena tierra madre; no quería que sus hijos corrieran el gran peligro también de perecer arrasados por un gran desastre y huyeran y salvaran sus vidas que estaba en peligro. Pero a veces la terquedad puede más que la razón, porque nadie quería escuchar la voz que venía de las mismas entrañas de la tierra. Primero habíamos tenido, hace años, una inundación, que por primera vez nos había tomado por sorpresa y ahora era un volcán que nos anunciaba síntomas de querer despertar de su sueño más profundo. A la ciudad o pueblo habían llegado un gran grupo de científicos profesionales o algo así parecido que eran expertos en esas cuestiones de volcanes, sismos y todo tipo de fenómenos naturales. Hicieron todo tipo de estudios e investigaciones al volcán y sólo pudieron decir que era una actividad normal, y, que no tuviéramos ninguna clase de temor; porque la tierra estaba pasando por una serie de cambios y que luego todo volvía a su normalidad. Pues eso era lo que decían ellos, y, esas palabrerías no me convencieron en nada, pues yo conocía a mi propia tierra muy bien como la palma de mi mano; y sabía que algo malo se nos venía para encima. Además, aquellos científicos, como se hacían llamar ellos, eran simplemente unos seres humanos con oficio, pero no podían saber nada de designios, de señales o presagios que el destino había puesto para probar la capacidad del hombre de superar cualquier obstáculo que la vida nos imponía. Ellos no podían predecir aquellas situaciones de desastre ni mucho menos existían métodos para evitarlos o para presagiarlos. Los únicos métodos eran los divinos y eso sí que era demasiado difícil de descubrir, porque estos eran manifestados de otra manera. Ni ellos podían prevenir un desastre, solamente podían dar la salida o escapatoria a tales acontecimientos que se presentaran o el de socorrer a quienes ya habían tenido una tragedia. Yo no era lo que aquellas personas eran, pero sí tenía un conocimiento innato de todo provinciano o campesino nacido en su tierra, que conocía muy bien su tierra, que había visto y aprendido de las cosas que la madre tierra nos había brindado. Basta con estar allí al lado de su madre para saber y conocer los pormenores que en verdad están pasando con nuestra madre. A veces la ciencia falla y aquellos inventos que habían instalado aquellas personas en todo el pueblo no iban a ser la excepción de no fallar algún día también. –De todas maneras, nosotros estaremos siempre aquí, atentos a cualquier evento extraño y siempre estaremos vigilante a toda actividad sísmica o telúrica que tenga el volcán –. Decía uno de los encargados de aquel gran grupo de científicos. Luego todas aquellas personas comenzaron a instalar cerca y lejos del volcán y del pueblo, ciertos aparatos muy raros para el estudio diario del volcán, y, de esa manera registrar y recolectar la información necesaria para sus posteriores estudios. Luego de eso, tomaron una casa que habían abandonado a la deriva sus antiguos dueños y que estaba llena de todo tipo de malezas para instalar allí su oficina. Pero antes de eso habían preguntado por el dueño de aquella casa abandonada, pero nadie les daba respuesta del paradero de los antiguos dueños del lugar. Solamente recibieron como respuesta de que aquellos antiguos dueños de esa casa se habían mudado para otra ciudad lejana y no se sabía cuál era la ciudad en donde ellos estaban viviendo actualmente. Aquellos grupos de científicos no tuvieron otra opción y levantaron su oficina sin tener otro recurso que diera con el paradero de los dueños de aquel lugar, pues si ellos aparecían reclamando el lugar no tenían otro remedio que llegar a un acuerdo con ellos y negociar el lugar o el terreno que estuvo abandonado. Cosa que nunca sucedió, porque en verdad los antiguos dueños nunca más regresaron al pueblo ni para ver cómo estaba su antigua casa o su antiguo terreno. Tampoco habían dejado en cargado a nadie de ese terreno o de esa casa para que velara por sus intereses o patrimonio que había sido abandonado. Esa misteriosa casa abandonada era también mi mayor inquietud, pues quería saber el por qué los habitantes de aquel lugar se habían ido de una manera misteriosa del pueblo y sin manifestar nada o dar una razón lógica de su extraña partida para otra ciudad y dejar abandonada así su casa. Eso para mí fue bastante extraño y confuso. En verdad nadie supo nunca el verdadero motivo de aquel abandono de aquella casa y de la partida de sus antiguos dueños. Aquella casa abandonada fue acondicionada perfectamente para que cumpliera su propósito en el pueblo por la cual la habían tomado y arreglado. La maleza, que era la única habitante y quién se había apoderado de ella, invadiéndola, fue quitada y desarraigada totalmente. Ahora la fachada de aquella casa había cambiado completamente. Ahora era una oficina de prevención y desastres que estudiaba y analizaba cada mínimo movimiento que daba el enorme volcán, así como un médico analizaba y examinaba a un paciente. Así hacían con aquel volcán. Luego de todo eso, fueron instalados en todo los barrios del pueblo grandes bocinas en cada uno de los postes del alumbrado público para que se encendieran y alertara a la población en caso de una eventual emergencia. De esa manera se le daba tiempo a la gente de evacuar el lugar o la zona en riesgo o en peligro. Una noche, mi esposa y yo dormíamos de lo más tranquilo, hasta que un ruido extraño nos perturbó por primera vez. Un florero se había caído de una mesita en donde siempre estaba colocado y se había quebrado. Mi mujer y yo nos despertamos por aquel extraño ruido que nos había hecho pensar que eran unos ladrones quienes se habían metido a nuestra casa para robar algo. Yo tomé mi machete que estaba colgando en la cabecera de la cama y la saqué de la vaina en donde estaba metida y luego me levanté para ver qué era lo que estaba sucediendo. Llegué con mucho cuidado y cautela para que no me vieran los supuestos ladrones que creíamos que habían entrado a la casa. Cuando llegué a la sala no vi nada extraño ni vi a nadie, únicamente el florero que estaba quebrado en el piso de la sala. Regresé al cuarto después de haber recogido los pedazos del florero y me acosté nuevamente.

– ¡Ajá! ¿Y qué era aquello? –. Me preguntó mi mujer.

–No era nada. Solamente se calló el florero de la mesita de la sala. Tuvo que haber sido un estúpido gato –.

– ¿Estás seguro Francisco de que fue un gato? ¿Revisaste bien la sala? –.

–Sí, ya revisé cada lugar de la casa y no vi nada –.

–Entonces no fue un gato como dices tú –.

–Entonces tuvo que haber sido la brisa que tiró el florero al suelo y lo quebró –.

–Sí, tuvo que haber sido eso –. Decía mi mujer. Luego mi mujer y yo volvimos a sentir otro ruido extraño que se había escuchado en la cocina. Yo me levanto nuevamente para ver qué era lo que estaba pasando, y, cuando llego a la cocina, veo un plato que se había caído del estante y se había quebrado también. Yo revisé toda la casa y no hallé nada sospechoso. Luego regresé otra vez al cuarto en donde estaba mi mujer un poco nerviosa.

–Mijo ¿Y ahora qué era eso? –.

–Nada. Era sólo un plato que se calló y se quebró –.

– ¡Ay mijo! Entonces eso quiere decir que debe haber un alma en pena merodeando por aquí. Debe ser que alguien que se habrá muerto en el barrio y no sabemos quién es y como no hemos ido a su sepelio, nos está visitando a nosotros para que vayamos a su funeral –. Decía mi mujer con los nervios de punta. – ¡Ay mujer! No digas tonterías. Yo no creo en esos cuentos de almas en penas o de fantasmas. Yo más bien le tengo miedo a un vivo que a un muerto. Así que duérmete ya, deja tu pesadez y de decir barbaridades que no te quedan bien –. Le decía yo. A los pocos minutos volvimos a conciliar el sueño, pero mientras dormíamos, yo volví a sentir un pequeño temblor que me despertó, y, al yo despertar por aquel movimiento, prendí una lámpara y luego me levanté para dirigirme a la cocina y beber un vaso con agua. Yo pensaba que había sido mi mujer la que se había movido en la cama pero no había sido ella. Cuando estaba en la cocina, tomé un vaso, abrí la nevara y llené el vaso con agua y bebí un poco de agua. Luego, ya en la cocina, siento un pequeño movimiento. En ese momento pude ver con más claridad que algunos platos se habían movido muy sigilosamente. En ese instante me di cuenta que aquello era algo muy anormal y que me indicaba lo peor. Llené nuevamente el vaso con agua y regresé al cuarto y vi a mi mujer muy tranquila durmiendo, pues ella no había sentido nada, puesto que estaba rendida del sueño y seguía durmiendo como si nada hubiera pasado. Coloqué el vaso que tenía lleno de agua en la mesita de noche, apagué la lámpara y me acosté otra vez. Pero en ese preciso instante, cuando me acostaba, volvía a sentir por quinta vez aquel extraño movimiento que no sabía de dónde provenía y que era lo que lo originaba. Yo enciendo otra vez la lámpara y al encenderla para ver lo que pasaba, me di cuenta que el vaso temblaba y se movía hasta que llegó al borde de la mesa y después se calló y se quebró. Yo no pude hacer nada para evitar que el vaso se callera, pues cuando yo quise reaccionar, ya había sido demasiado tarde y cuando vine a ver, el vaso estaba ya en el suelo quebrado. Desde ese instante descubrí la verdadera razón de porque el florero, el plato y el vaso se hubieran quebrado también y que no había sido ningún ladrón, gato o fantasma alguno que hubiera hecho aquel pequeño estrago, sino aquellos movimientos que yo había presenciado. Aquellas cosas eran las mismas señales que nuestra madre tierra nos estaba dando como aviso de que algo malo venía para nuestro pueblo. Yo fui el único que pude sentir aquel pequeño temblor, pues al llegar la mañana, nadie dijo nada y tampoco hubo cometario alguno con respecto a esa pequeña manifestación que se había sentido a altas horas de la noche y de la madrugada. Es que ni los científicos con todos los parapetos que tienen, no habían notado aquel extraño suceso nocturno. Solamente se vinieron a dar cuenta después de dos días cuando fueron a revisar aquellos aparatos que tenían instalados por todas partes, pero estos tampoco habían dicho nada por no considerarlo de mayor gravedad o importancia, porque ellos pensaban que era algo natural y pasajero y que no venía del volcán, según ellos. Yo, por mi parte, había hablado con algunos de esos científicos sobre el asunto, pero estos me dijeron que de pronto había sido un sismo que se produjo en otro lugar y que sus ondas llegaron sin mucha fuerza a la ciudad y que por eso nadie lo había sentido, pero que yo sí lo había sentido. Los días habían transcurrido y aquellos extraños movimientos y temblores que yo había sentido, no los volví a sentir más. La gente seguía divirtiéndose con aquel enemigo silencioso como si nada. Nuestra ciudad ya tenía un lugar turístico que mostrar y explotar, pues, aquella gran laguna de agua tibia, diáfana y medicinal que estaba ubicada en la misma boca del cráter de aquel volcán, era la única atracción turística que tenía a todos los habitantes de la ciudad, de sus contornos y a aquellos visitantes que venían por estos lugares por primera vez, muy contentos y satisfechos por aquel espectáculo natural. Aquel hoyo lleno de agua tibia y que era la boca del mismo volcán, podía en cualquier momento hacer erupción y matar en un instante a toda aquella gente que se encontraban en ese lugar y en su interior sin darles ninguna oportunidad de escapar o salvarse de una repentina destrucción. Eso era lo que yo siempre imaginaba que pasaría cuando me encontraba parado en ese lugar y contemplando a todos aquellos rostros alegres y lleno de mucha dicha y felicidad. Quizás esos miles de rostros que se encontraban en ese momento allí, no iban a tener la misma expresión y suerte si aquel cráter llegara a ocasionar aquel temido desastre o acontecimiento que ya estaba sobre advertido en aquellas señales que daba el volcán cuando se encontraba de mal humor, por decirlo así. Mi esposa y yo seguíamos viviendo en la ciudad con el peligro latente, de frente y cerca de nosotros, aunque los movimientos telúricos que aquel monstruo gigante manifestaba por momentos, eran mínimos que casi no se sentían ya, pero que si eran detectados por aquellos parapetos que usaban los científicos que habían llegado al pueblo para estudiar aquellos fenómenos naturales que se manifestaban en el pueblo por consecuencias del volcán. Aunque yo también podía sentirlos por las noches, cuando todo estaba tranquilo y quieto, aquellos movimientos mínimos e insignificantes. Esto, en ocasiones, me hacía pensar que el desastre vendría en las horas de la noche, cuando todos estuvieran durmiendo y descansando en sus respectivas moradas. Pues, aquellas señales que daba el gran gigante inmóvil, las manifestaba a esas horas cuando todos dormían o descansaban tranquilamente. Aquel monstruo despertaría a esas horas, haciendo daño cuando todos estuvieran durmiendo y descuidados, y, sin ninguna clase de reacción o alarma que los pudiera salvar del desastre que se venía para encima de una manera violenta. Un día como cualquier otro recibimos una llamada. Era nuestro hijo mayor que nos llamaba desde la capital del país para preguntar por nuestro bienestar y salud. Mi mujer habló un buen rato por teléfono con nuestro hijo y luego hablé yo también un largo rato con él.

- ¡Apá! –.

–Dime hijo –.

–No solamente los he llamado para saber cómo estaban –.

–Y entonces ¿A qué debemos el honor de tu grata llamada?

–Es para decirles algo que me ha tenido por muchos días muy preocupado –.

– ¿Y cuál es esa preocupación que te tiene tan inquieto e intranquilo? –.

–Es sobre ustedes. Yo he tenido la inquietud de traérmelos a ustedes a vivir aquí a la capital –.

–Bueno hijo, eso está muy bien, pero no sé si tu mamá quiera irse para allá. ¿Pero para qué quieres que nos vayamos para allá? –.

–Bueno papá. Quiero que se vengan para acá porque hace muchos días atrás, he presentido que algo malo va a ocurrir en el pueblo en donde están ustedes viviendo –. Cuando mi hijo me dijo aquellas palabras, yo me puse pálido y nervioso por esas palabras que me había dicho, pues, aquello era confirmación de que en verdad algo malo estaba por suceder y que nosotros no estábamos haciendo caso al aviso o al llamado divino que el destino nos estaba haciendo.

–Hijo, ¿Estás seguros de lo que me estás diciendo? –.

–Sí papá –.

–Porque nosotros no queremos ser después un estorbo para ustedes allá –.

–No papá. Aquí no van a estorbar a nadie. Aquí van a estar mejor, porque ustedes van a tener una casa propia –.
–Bueno hijo, está bien. Pero tu mamá ¿Ya lo sabe? –.
–No, no se lo dije –.
–Sería bueno que se lo dijeras, porque tu mamá es una mujer terca y no va a querer salir de aquí –.
–No te preocupes, papá. Yo la convenceré para que se venga a vivir aquí a la capital –.
–Bueno hijo, eso lo dejo en tus manos –. Luego que terminé de hablar con mi hijo, puse a mi esposa al teléfono para que hablara con nuestro hijo y así éste la convenciera de que se fuera a vivir a otra ciudad. Yo en verdad quería salir del pueblo en donde vivíamos, porque ya no aguantaba esa zozobra de estar viviendo en medio de una bomba de tiempo que no sabía en qué momento de la vida iba a estallar e iba a ocasionar una gran tragedia y que nos iba a costar la vida. Esa llamada de mi hijo y su gran propuesta fue un gran milagro que la vida nos había obsequiado y que había venido en el momento oportuno cuando ya nuestras vidas pendían de un hilo. Mi esposa, convencida al fin por mi hijo, accedió a la petición de irse a vivir a otra ciudad y así de esa manera pudimos salir del pueblo que como buena madre nos había anunciado una gran tragedia. Mi mujer era una madre muy apegada a sus hijos y yo sabía que ella no se iba a negar a la petición de un hijo, pues, una buena madre haría cualquier

cosa por un hijo o por complacer a un hijo, así sea que estuviera en el último rincón del planeta o del universo y nuestros hijos no iba a ser la gran excepción para ella. Mi esposa aceptó con mucha alegría y gustosa aquella proposición que nos había hecho nuestro hijo. Al día siguiente, estábamos preparando las cosas para la mudada y a los cuatro días teníamos el camión de la mudanza en la puerta de la casa recogiendo las cosas y empacando algunas otras que no pudimos empacar nosotros mismos. Luego, cuando todos nuestros chécheres estaban en el camión, nos dispusimos a abandonar el pueblo e irnos para nuestra nueva residencia que era en otra ciudad muy lejos de nuestro antiguo pueblo. Desde ese entonces, ya llevábamos cuatro años de estar viviendo en la gran capital del país y yo no había visto nada de aquellas cosas que había presagiado o presentido, ni tampoco había escuchado noticia alguna de algún desastre que hubiera destruido a nuestro antiguo pueblo, porque todo allí en ese lugar seguía igual y normal. Pero estaba consciente de que en cualquier momento iba a suceder algo malo, tarde o temprano se iba a cumplir aquellos pronósticos y señales de una posible destrucción. Yo no pensaba en volver más para mi antiguo pueblo porque yo creía que si regresaba, el destino me iría a jugar una mala pasada que me costaría la vida, y, entonces, aquello que tanto me temía sucedería cuando yo estuviera nuevamente en ese trágico lugar. Muchas veces pensaba yo así o me imaginaba que aquello ocurriría cuando estuviéramos nosotros, mi esposa y yo, allá. Cosa que quería evitar, pero a mi esposa un día se le metió la idea en la cabeza de querer visitar a nuestro pueblo; y yo para no regresar allá, sacaba un sinnúmero de excusas para eludir sus constantes presiones e ideas de querer regresar a ese pueblo que estaba destinado a perecer en una gran tragedia y desastre que no se sabía cuándo iban a ocurrir. Pero un día menos pensado, mi mujer volvió a tocar el tema y yo no pude encontrar, esa vez, una buena razón o excusa para eludir su idea de ir al pueblo. Esa vez, me tocó, con mucho temor, acceder a su petición y me resigné también a la idea de sufrir las consecuencias de un desastre si me tocaba padecerla y morir en ella. Programamos la visita a nuestro pueblo para un 19 de febrero y en ese día salimos de viaje rumbo para nuestro pueblo que nos vio nacer y que hoy día era una ciudad con más de 25 barrios que continuaban en pie y delante de un inminente monstruo volcánico que medía 5400 metros de altura y que seguía tan quieto como nunca, pero que si daba señales de humo y pequeños y esporádicos movimientos como un feto en el interno vientre de una mujer y que sólo lo podía sentir la que lo llevaba dentro de su ser. Cuando llegamos a nuestro pueblo, yo no podía dormir, pensando en el momento en que nos iría a sorprender aquel gigantesco volcán con una repentina explosión que arrasaría con mucho de nosotros. Sólo pude descansar el día que nos disponíamos a salir para regresar a la capital. Cuando llegamos a la gran ciudad, todos mis temores habían terminado por completo, pero a los seis días y después que habíamos visitados a nuestro pueblo, ocurrió lo que yo esperaba y que pasaría: Un gran desastre había arrasado con nuestro pueblo y había acabado con la vida de muchas, pero de muchas personas en nuestro antiguo pueblo de Asneros. Esa trágica noticia nos dejó a mí y a mi mujer, totalmente paralizados de ver aquella enorme devastación que no había dejado a nadie vivo. Una gran avalancha había sepultado a nuestro pueblo borrándolo por completo del mapa. Desde ese entonces no volvimos a visitar nunca más a aquel lugar que nos había visto nacer y que ya había dejado de existir.

Capítulo 3.

Una flor es más delicada que una mujer, porque hay mujeres que son más crueles e insensibles que el mismo género masculino. Por ellas, el hombre cayó en el huerto del Edén en desobediencia y transgresión. Yo, por mi parte, me sentía destrozado por una mujer, pues, mi amor no era correspondido y cada vez que yo la veía con otra persona, claro está, de mí mismo género, me causaba cierto celo; aunque no tuviera nada con ella. Muchas veces le insinué mi amor, pero fui rechazado despiadadamente y sin misericordia por aquel soberbio corazón que prefería más a otros hombres que a mí, pues, las características de esos hombres eran las de galanes de cine, charlatanes, engreídos, etc. Ese era el tipo de hombre que ella quería y buscaba. Mientras tanto, yo era todo lo contrario a lo que ella quería, pues, mi forma de ser era la de un hombre tímido, pero bastante inteligente, simpático y con unos sentimientos sinceros y honestos. Pero no era lo que ella estaba buscando o quería de un hombre como yo. En ocasiones o por momentos, sentía mucha rabia por aquellos hombres de mi especie masculina, que llegué a desear que desaparecieran de la faz de la tierra y que únicamente quedara yo. También en ocasiones llegué a desear que aquellos amigos o supuestos amigos de aquella mujer de la cual estaba yo enamorado, les aconteciera algo malo y que acabara con sus vidas para siempre. En el barrio de los Comuneros, no había más hombre desdichado y frustrado por un amor que yo, que también en ocasiones me llegué a desear la muerte y desparecer de la faz de la tierra, pero nunca llegaba esa ocasión para mi vida. Pero sí, la muerte andaba merodeando por todos los rincones de nuestro pueblo como buscando algo. No sé qué era aquello lo que la muerte buscaba, pero andaba rondando a nuestro pueblo, porque siempre yo salía soñando con un hombre encapuchado y vestido de negro, con una gran hacha en su mano derecha. Eso me hacía imaginar y pensar que era la muerte que sí venía por mi vida o que me anunciaba que alguien iba a morir en el pueblo. En ese momento volví a pensar que la muerte en verdad venía por mí, pero no fue así hasta que tuve otro sueño en donde veía a muchas personas, grandes y chicos; ancianos, jóvenes y hasta animales habían en ese extraño sueño que me anunciaba algo malo, pues, yo veía como aquel personaje encapuchado con aquella hacha, decapitaba a todos sin misericordia alguna. Luego entendí que la muerte no me buscaba a mí para llevarme al mundo de los muertos, sino al pueblo y a todo ser viviente que moraba en él. En ese extraño sueño, yo no aparecía por ningún lado y eso me daba a entender que yo no era una de sus víctimas o que apareciera en su larga lista de ejecuciones. Ni siquiera aquel hombre encapuchado me lo había insinuado o mostrado en el sueño, pero yo estaba feliz y contento porque sabía que en algún momento de la vida iba a venir mi turno de morir o que iba a ser su próxima víctima. Yo no podía ver a la mujer que tenía mi corazón enamorado, porque me ponía mal con sólo verla y sentir que yo no era amado ni correspondido por ella, pero que ella sí sabía y conocía mis sentimientos hacia ella. Ella usaba mis sentimientos para herirme más y hacerme sentir mal, porque cuando ella me veía, se ponía hablar con aquellos supuestos amigos muy coquetamente, y éstos le seguían su juego de una manera atrevida, tocando su larga cabellera que era como una gran cascada de aguas negras, después acariciaban su rostro, luego sus bellas manos y otros lugares que para mí eran prohibidos. Aquello me llenaba de mucha rabia, pero a la vez de mucha tristeza, porque yo quería ser el único hombre en su vida quién pudiera tocar y acariciar su rostro y aquella larga y hermosa cabellera; pero lo que es para el perro no se lo come el gato, como dice un dicho por ahí y eso sí era una gran verdad, pues, ella no era para mí. Pero ella era lo que más anhelaba y deseaba tener en mi desdichada vida que llevaba, pero aquello era como una estrella inalcanzable de los cielos. Yo sentía que muchos me hacían la vida imposible con aquella mujer, haciéndome la guerra y la competencia, cosa que jamás yo iba a superar; pues, ellos eran de más buena apariencia que yo. Una noche volví a tener aquellos sueños raros, pero en ellos veía a la mujer que yo amaba en silencio y que se consumía en el fuego junto con otra persona que estaba encima de ella o sobre de ella. Aquello me causó mucho espanto y preocupación. Yo, al soñar aquello, me despierto del susto en medio de la oscura madrugada de un lunes, sin haber entendido aquellos sueños que me estaban anunciando una fatal tragedia y en la cual caía la mujer de mi vida, pero que no me era correspondida. Nunca supe quién había sido la otra persona que había estado sobre ella y que también había muerto por el abrazante fuego consumidor. Pero esa escena me dio a entender que la otra persona que estaba sobre ella era un hombre que estaba teniendo relaciones sexuales con ella y que la muerte los había cogido infraganti y por sorpresa en pleno acto de fornicación y sin darles oportunidad de reaccionar frente aquel desafortunado suceso trágico o siniestro aterrador que había acabado con sus vidas en el sueño. A consecuencia de todas aquellas cosas, mi vida era triste y llena de muchos fracasos y desilusiones, que yo quería y anhelaba irme bien lejos para otro país y no saber más nada de mi pueblo, que hasta deseé que pasaran aquellas cosas raras y extrañas con las que casi siempre soñaba en casi todas las noches. Aunque en el barrio Comuneros nunca había habido, aún, un muerto, pero sí había sucedido en nuestro barrio cierto suceso fortuito que fue aquella inundación del treinta de abril y que no había dejado víctima mortal humana alguna, sólo la perdida de algunas cosas y muchos enceres domésticos. Una señal más reciente en el pueblo fue la de un volcán que comenzaba a dar muestras de vida. Éste, después de muchos millones de años de inactividad, ya comenzaba a dar síntomas de querer despertar de su profundo sueño milenario. Aunque esas señas no eran tan amenazadoras, podían en cualquier momento ser más fuertes y destructivas. Las únicas señales que daba aquel gigantesco montículo eran las constantes emanaciones de humo y vapor que salían de su boca que a la vez estaba llena de agua tibia y que todo el pueblo había convertido en una especie de balneario termal público. Pero a mí no me interesaba nada de eso, sólo mi dolor sentimental que tenía por aquella mujer que cada día me hacía mucho dolor y que no sabía qué hacer para arrancar de mí ese gran sentimiento que yo tenía por ella. Comencé a buscar empleo para así olvidarme por un memento de ella. Metía solicitudes de empleo pero no conseguía nada ni me salía trabajo alguno, y eso me causaba aún más tristeza y me generaba una fuerte depresión. <<*Tanto estudiar uno en esta vida para no encontrar nada*>> me decía yo a mí mismo. Cuando no estaba haciendo nada, salía a caminar para así olvidar, pero eso tampoco resolvía ni solucionaba nada, porque aquellos sentimientos seguían allí en los mismos lugares de siempre, en mi mente y en mi corazón. Esas caminatas que hacía por algunos lugares del pueblo, me generaban otra clase de recuerdos que se mesclaban con sentimientos presentes, que en vez de generarme cierto alivio me causaban aún más depresión y tristeza; porque aquellos recuerdos pasados de amores también frustrados los volvía a traer a memoria como si aquellos lugares por donde caminaba me los recordara una y otra vez. Cada lugar por donde yo pasaba, lo relacionaba con un recuerdo pasado que me había hecho mucho daño. Cuando regresaba de aquellas caminatas infructuosas que me generaron más sentimientos adversos y tristes, en el barrio había acontecido algo muy grave y trágico que yo no me esperaba. Cuando llego al barrio, Veo a la gente aglomerada en las calles, presenciando aquel acontecimiento aterrador y escalofriante que se había iniciado en el barrio y que había dejado solamente a dos personas muertas. Yo, cuando vi a toda aquella esa gente de mi barrio aglomerada en las calles, como las hormigas cuando están aglomeradas para devorarse a otro animal, me preguntaba qué era lo que había pasado o estaba pasando. Cuando me iba acercando al lugar de la tragedia, vi una gran llamarada y humareda que casi no me dejaba respirar ni mucho menos ver lo que estaba pasando. Luego le pregunté a un conocido del barrio que estaba como espectador en ese momento: –Miguel, ¡qué pasó! ¡Porque hay tanto alboroto por aquí! –. Aquella persona me respondió diciéndome que la casa del negro Catarino se había incendiado y que solamente había dos personas adentro que se quedaron atrapadas en el gran incendio y no pudieron salir y murieron quemadas. –¿Y quiénes fueron los que murieron en el incendio? –. Le volví a preguntar a Miguel. –La bella María y el joven Juan –. Cuando supe el nombre de las fatales víctimas del horripilante incendio, corrí hasta aquella casa y vi aquella horrenda escena aterradora que me dejó mudo, no pronuncié ninguna clase de palabra y se me había hecho un gran nudo en la garganta. Aquella mujer, calcinada por el fuego, era la que yo quería y amaba, y sobre ella estaba y yacía muerto y calcinado, también por el fuego, el que la estaba haciéndola feliz en esos momentos de placer, pues, estaban teniendo relaciones sexuales cuando se desató aquella horrible tragedia que los consumió a ambos sin darles oportunidad de reaccionar y salvarse de aquel siniestro. Aquellas dos aterradoras siluetas humanas que se habían incinerado por el inclemente y no piadoso fuego, habían quedado atrapadas debajo de una gran biga de madera que se había desprendido del techo y que no había sido consumida totalmente por el fuego. Ésta cayó sobre los dos victimarios propinándoles automáticamente la muerte y el fuego los terminó de consumir sin ninguna clase de piedad. Cuando vi aquello, me acordé de aquel sueño que había tenido yo con aquella mujer y con aquel hombre que había estado sobre ella y que murieron por causa de un incendio. Aquella escena fue casi exactamente parecida a la que había soñado meses atrás y era un vaticinio de que muchas cosas más iban a suceder en el pueblo. Los bomberos no me dejaron pasar para yo poder ver más de cerca lo ocurrido. La policía, que estaba también presente en el desafortunado incidente, no sabía cómo se había originado el desastre. Yo, en ese momento, tuve otra premonición de que algo más grave aún venía para nuestro pueblo. Y esto era el principio de algo mucho más trágico de lo que había ocurrido en ese momento. Era la primera vez, después de aquella inundación de aquel 30 de abril, que pasaba un acontecimiento de esa índole o magnitud que dejaba ya a las dos primeras víctimas mortales en el pueblo y en nuestro barrio. La mujer que me gustaba y por la cual estaba yo enamorado ya no existía. Sólo quedaban los recuerdos de su despampanante belleza, de sus desplantes satíricos que me hacía para verme y hacerme sufrir, y, sus fornicaciones de perra alborotadora que arrastraba a cualquiera de los hombres a los más bajos instintos y placeres obscenos en la cama, aunque yo no fui uno de esos, pues nunca estuve en su lista de pretendidos por ella. Lo que una vez había deseado que pasara, se había cumplido pero de otra manera. Aquellos sueños que tuve con aquella mujer, fue un anuncio de una tragedia vaticinada y que yo no pensé que iba a suceder, pero que también, al ver cumplido aquellos sucesos, estaba pronosticando otro suceso o acontecimiento mayor del que se había presentado y que no sabía cuándo y a qué horas iban a suceder tales acontecimientos futuros que iban a ser también muy devastadores y destructivos para el pueblo. Desde que pasó aquel acontecimiento trágico que acabó con la vida de la mujer que yo amaba, mi sufrimiento sentimental también había acabado con la muerte de María Inclemente; sí, así como lo oyen: María Inclemente. Era el apellido de la mujer que yo amaba y me había hecho sufrir mucho por culpa de ella. Ese apellido parecía una ironía, pues, aquel apellido fue la causa de tanta inclemencia hacia mí y ahora el destino no tuvo tampoco clemencia de ella, quitándole su propia vida. Era como si el destino la hubiera marcado también con ese apellido a sufrir las consecuencias de un grave incidente que le arrancaría de un tajo su propia vida, pues ella jamás se había imaginado que le iba a suceder tal desastre que la llevaría a la misma muerte, pues ya aquello estaba también vaticinado que sucedería pero que nunca se lo manifesté, porque ella tampoco me daba la oportunidad de decírselo. Aquella tragedia fatal que le costó la vida a aquella mujer que había robado por un tiempo mi pobre y miserable corazón, me había robado ahora la tranquilidad, porque había noches que no dormía pensando en el primer sueño que había tenido aquellas noches anteriores. Ya se había cumplido un sueño, pero faltaba otro que no sabía cuándo iba a suceder y cómo iba a desarrollarse ese otro fatal acontecimiento. Algunas personas del pueblo, que vivían en el barrio, habían tenido sueños y visiones raras de tragedias semejantes a las que yo había tenido y que según ellos, iban a suceder en cualquier momento. Pero luego muchos no creyeron después en esas premoniciones, tratando a los que habían tenido esas inquietantes ideas catastróficas de locos. Aquellas personas que habían tenido tales sueños ya no estaban viviendo en el pueblo, pues obviamente se habían ido por temor de sufrir esas series de acontecimientos trágicos que habían sido pronosticados por ellos mismos, dejando y abandonando así al pueblo para irse a vivir en otra ciudad muy lejana y que estuviera muy lejos de tales peligros que quizás habían sido revelados por el destino y que les estaba dando o regalando otra oportunidad de vida en otro lugar mejor. Por mi parte, yo no sabía para dónde coger o ir, pues no conocía pariente alguno que viviera en otro pueblo o ciudad que nos pudiera dar posada o albergue permanente y nos extendiera su mano o ayuda a nuestra difícil situación. Tuve que conformarme con la idea de seguir viviendo en el pueblo y con la zozobra encima de que tarde o temprano me iba a ocurrir algo muy malo en este pueblo y que yo iba a perecer en él. Todo estaba aparentemente bien y muy tranquilo después de aquel suceso trágico que había terminado con la vida de María Inclemente y Juan Monsalve que se revolcaban en los placeres más obscenos de amor, pero aquellos dos, sorprendidos infraganti y en pleno acto de fornicación fueron consumidos por aquel fuego que se había iniciado muy repentinamente y que no les dio tiempo de reaccionar frente a aquella terrible y trágica situación fatal que los había matado a ambos. El cómplice de aquel acto vergonzoso, Catarino Mendoza, les había prestado la casa a los dos amantes ocultos para que éstos se recrearan en aquellos placeres más obscenos del sexo. Pero éste no contó con aquella trágica situación e infortunio que le había dado la vida, pues terminó perdiendo su casa por aquella complicidad con la cual había apoyado el pecado que esos dos estaban practicando en ese momento y a pleno sol del día. La casa de Catarino iba a convertirse en un famoso burdel del barrio, para que todas las mujercillas del barrio y del pueblo, junto con aquellos jóvenes inexpertos; tuvieran por primera vez un lugar donde pudieran tener su primera relación sexual y llegaran a ser hombres a muy corta edad. Pero aquellos perversos proyectos prostitutivos terminaron en el suelo, pues la vida misma se había encargado de boicotearlos cuando aquella pareja de pecadores ocultos ponían la primera base de ese maléfico proyecto de prostitución que iba a pervertir a los habitantes del pueblo, pero éste terminó en las llamas y matando de una vez y arrancando de raíz el pecado que se estaba sembrando en ese lugar y en el pueblo. Pero eso no iba a ser impedimento para que el pueblo fuera arrasado por algo mucho mayor que lo que había ocurrido en ese momento, pues el pueblo era dado a la idolatría y a otras prácticas que me imagino yo, no era del agrado de Dios o del destino. Catarino no pudo hacer nada para salvar lo poco que tenía, pues éste tuvo que abandonar el pueblo e irse para otro lugar, donde pudiera realizar sus más perversos sueños. La gente del barrio sabía que aquello había sido un castigo de Dios, por intentar crear y patrocinar un lugar que iba a ser de perdición para muchos jóvenes, adolescentes y mucha gente del pueblo. Mi vida había cambiado después de aquel trágico acontecimiento que había acabado con la vida de la mujer que yo quería y anhelaba tener con migo, pero el destino no quiso, arrancándola de un tajo de esta tierra y llevándosela al lugar de los muertos, pues ella había sido mi más sufrida enfermedad que había sido amputada por el destino, dejándome otra vez sano y con mucha esperanza de vida. Al cabo de algunos meses, había conocido a Roxana, una bella y hermosa mujer que había cambiado mi vida de una manera única, pues ella se había enamorado de mí y yo, al verla también, había quedado flechado por aquellas miradas que me decían muchas cosas buenas. Ella era una mujer seria y honesta, cosa que me había extrañado de una mujer así como ella, porque una mujer de esas características y envergaduras; siempre buscaba emociones fuertes y a tipos como las características de actores o galanes de cine. Pero aquella mujer hermosa era una especie rara y poco común, pero única, que buscaba otro tipo de emociones, de sentimientos y otras clases de experiencias que no iba a encontrar en aquellos modelos de hombres que quizás otras muchas mujeres buscaban con todo afán y ansiedad, pero que al final terminaban estrellándose contra un muro de contención por ser brutas e ilusas y por culpa también de sus falsos sentimientos y emociones que únicamente las arrastraba al fracaso total. Roxana había buscado por mucho tiempo a un tipo de hombre como yo o que se acercara al tipo de características que ellas estaba o andaba buscando, pues ella había tenido también, en el pasado muchos fracasos sentimentales que la llevaron a buscar tipos de hombres como yo y que era muy difícil de hallar, pero había dado con migo. Ella había estudiado el comportamiento por algún tiempo de muchos hombres del barrio y del pueblo, pero no se convencía de sus convicciones y los veía inferiores a sus perfiles y objetivo propuestos por ella, hasta que me conoció a mí. Al cabo de un año, había encontrado por fin un buen empleo pero por fuera del pueblo y Roxana y yo no casamos a petición de ella. Nos fuimos a vivir con sus padres en otra ciudad. Yo ya no me encontraba en el pueblo que me había visto nacer, crecer y sufrir. Esto me tenía un poco tranquilo, pues ya no iba a estar sufriendo tanto por el horrible pasado y por aquellos sueños tan raros que había tenido una vez y que se cumplieron al cabo de cuatro largos años, pues pude ver o contemplar por televisión una gran lava incandescente que arrasaba con todo mi pueblo natal, matando a la gran mayoría de mis coterráneos. Ese desastre natural había ocurrido a altas horas de la noche, cuando todos estaban en sus confortables camas descansando, hasta que llegó aquel desastre y los arrasó sin piedad, no dándoles oportunidad de prender las alarmas y huir o salvarse de aquel horrible siniestro. El sueño que había tenido una vez se había cumplido al pie de la letra, pues fue un pronóstico de que algo bastante grave y horrendo iba a ocurrir con mi pueblo en la cual yo no estaba en la lista de condenados a perecer, pero que al fin y al cabo se había cumplido aquel presagio revelado en sueño.

Capítulo 4.

Eran las once de la noche y los perros no dejaban de ladrar en la calle. Me levanté de la cama en donde estaba acostado para ver qué era lo que estaba pasando afuera y porqué los perros no dejaban de ladrar. Porque cuando un perro ladraba era porque algo malo o sospechoso estaba sucediendo o por suceder. Llegué hasta la ventana de la sala. Abrí, con mucho cuidado y cautela, la cortina que cubría la ventana para poder ver hacia afuera lo que estaba ocurriendo, pero en verdad no pude ver nada anormal. Solamente pude ver a algunos perros ladrando en dirección al oscuro monte en donde se encontraba a muchos kilómetros de distancia el volcán que tenía en su interior o cráter una laguna de agua tibia que servía de balneario o de baños termales al pueblo. Era bastante rara aquella algarabía que tenían los perros y que no dejaban dormir a nadie en el sector donde vivíamos. Algo raro habían sentido los perros que no cesaban de ladrar en esa dirección. Como a la una de la mañana había cesado ya aquella bullaranga de aquella jauría de perros locos que por fin nos habían dejado dormir pacíficamente. La noche de aquella madrugada estaba por fin tranquilizada, pero luego pude sentir o notar un silencio tan profundo y tan fuera de lo común. Era como un silencio crónico que no me dejaba conciliar el sueño, pues era un silencio tan diferente de los demás silencios que mis oídos no podían soportar tanto silencio. No sé qué era aquella extraña paz y tranquilidad que me perturbaba en mi misma cama. Me levante nuevamente de la cama y me dirigí nuevamente a la sala. Abrí cuidadosamente la cortina para ver hacía la oscura, tranquila y sosegada calle que ya estaba en un total e inmenso silencio. Sí quería un poco de silencio y tranquilidad pero no tanto. Observé por la ventana y no vi nada, ni a los perros que habían dejado de ladrar horas después. Ahora todo era silencio, pero un silencio tan silencio, que deseé y extrañé la bulla de los perros en la calle. Ni el canto de los grillos y renacuajos se escuchaban en los montes. En verdad que era bastante raro tanto silencio, que por primera vez en mi vida llegué a sentir y a pensar que hasta el silencio podía ser perturbador cuando era demasiado o en exceso. Aquella experiencia rarísima me pareció muy extraño que la misma algarabía que habían formado o desatado horas atrás los perros. Pero mi esposa seguí durmiendo como si nada y sin haber notado aquellos sucesos extraños que yo estaba experimentando en ese mismo momento, pero que no sabía a ciencia cierta que era aquella rara sensación mía. Intenté conciliar el sueño, no dándole mucha importancia a aquellas raras sensaciones que había tenido en esos momentos. A las pocas horas ya estaba por fin y nuevamente dormido. Al llegar la luz del sol, los comentarios no se hicieron esperar. –Qué escándalo el de anoche ¿Verdad? Casi no nos dejan dormir la bulla de los perros en la calle –. Me decía mi mujer.

–Sí, es verdad. Que algarabía tenían aquellos perros –. Le contesté a mi esposa, omitiendo la otra rara sensación que había experimentado en la madrugada. Luego, mi esposa al verme bastante pensativo y distraído, me preguntaba sí me sucedía algo, yo le contesté que estaba bien y que no me pasaba nada. Luego ella me decía que me veía bastante pensativo, por eso me había hecho la pregunta. Luego le volvía a responder, dándole las gracias por preocuparse por mí. Luego tomé el diario para leer alguna noticia de interés, pero me llamó la atención, un artículo que hablaba de una pareja que se estaba casando. Pero ese casamiento era algo fuera de lo normal, pues, era una pareja de homosexuales que se casaban desnudos y delante de un cura. Esa noticia me hacía recordar aquel pasaje bíblico que había leído y en donde Dios había destruido a dos ciudades cuya corrupción y pecado llegaban hasta el cielo. –Por eso es que está el mundo como está –. Decía yo en voz alta.

– ¿Por qué lo dices? –. Me decía mi mujer al escucharme decir aquella expresión. Yo extendí el brazo con el periódico, mostrándole aquel artículo para que lo leyera.

–Lee y te darás cuenta de lo que quise decir –. Le dije después de haberle dado el periódico. Mi esposa leyó el artículo y se quedó sorprendida y pasmada por aquella imagen que había visto en el diario.
– ¡Dios santo! ¡Adonde iremos a parar con tanta perversidad y tanto pecado en el mundo! –. Exclamó mi mujer horrorizada por aquella noticia que había leído en ese periódico.
–Por eso es que estamos viviendo hoy en día tantos desastres y tantas cosas extrañas que suceden o pasan en cualquier parte del mundo. Porque la ira de Dios está sobre la perversa humanidad que no tiene control de sus actos y acciones malas. Ya el temor a Dios se ha perdido por completo –. Le decía yo a mi mujer. –Cuando pasa algún suceso o desastre en alguna parte del mundo, es porque Dios no está conforme con lo que está viendo y aconteciendo con la humanidad, y está en contra de sus perversos designios, que prefiere acabar de raíz, la maldad de esta perversa humanidad –. Luego medité en aquel artículo periodístico y después me puse a pensar en lo que había presenciado en las horas de la madrugada. Fue bastante raro lo de los perros, pero fue aún más raro y extraño lo de aquel silencio crónico que irónicamente no me dejaba dormir. Era como un vaticinio de que algo malo, pero muy malo iba a suceder en cualquier instante de nuestras ignorantes vidas. El domingo por la mañana, nuestro pueblo estaba lleno de mucha gente que venía de muchas partes para visitar el volcán y su gran laguna de aguas cálidas y limpias que se encontraban

en la boca del mismo y que por años, siglos y milenios estaba inactivo. Nuestro pueblo era un gran lugar de turismo, principalmente por aquellos termales de aguas cálidas y medicinales. Yo me dedicaba al comercio, pues, aprovechaba la temporada alta para poder vender mis bollos de mazorcas con queso a la gente y turistas que llenaban todo el vasto lugar. Mi negocio era muy rentable que me permitía subsistir y que a punta de bollos calientes, pude levantar mi humilde casita que tanto había deseado con tanto esmero y con años de mucho esfuerzo y dedicación. Pero parecía que había trabajado en vano, pues, aquellas raras sensaciones mías me insinuaban que debía abandonar al pueblo y la casa que había levantado con tanto trabajo y esfuerzo. Al principio no quería y rechazaba aquellas ideas perturbadoras, pero al ver tantas señales y presentimiento extraños, tuve que decidirme de abandonar al pueblo; pero no encontraba el momento y la ocasión perfecta para irme, pues mi mujer era mi mayor impedimento para hacerlo. Aquellas ideas me seguían dando vueltas y vueltas en la cabeza como un gran carrusel de circo. Una noche, mi esposa, me sorprendió muy inquieto en la cama, pues yo daba vueltas y vueltas en la cama sin poder conciliar con el sueño y sin saber cómo hacer para poder dormir, pues me echaba para allá y me echaba para acá y no conseguía dormir. No sabía qué era lo que pasaba con migo en esos momentos.

–Bueno mijo, a ti que es lo que te pasa, porque te veo muy inquieto. No he podido cerrar los ojos por ti. Veo que te mueves de un lado para el otro y no te quedas quieto. ¿Qué te pasa? ¿Tienes alguna preocupación o algún problema que no me has querido contar? –.

–No, no es nada de eso. Duerme tranquila –.

– ¿Y entonces qué es lo que te preocupa tanto y que te tiene así tan intranquilo? –.

–En verdad no sé qué es lo que me está pasando. Esta noche la estoy sintiendo muy pesada para mí. No puedo cerrar los ojos –.

–Ay mijo ¿Será que tienes insomnio? –.

–Bueno, pueda ser que sea eso –. Contesté. Al cabo de una hora mi esposa ya estaba dormida, pero yo seguí de igual de despierto en la cama. Me puse a contar ovejitas mentalmente y ya llevaba diez mil y todavía no cerraba yo mis ojos. << *¿Qué está pasando con migo? ¿Por qué no puedo cerrar mis ojos y dormir*?>> decía yo para mis adentros después de haber encerrado mentalmente en su aprisco a la oveja número diez mil. Luego me levanté de la cama con mucha cautela para evitar despertar a Dina. Me puse mis pantuflas y me dirigí a la cocina para beber un poco de agua. De repente, estando ya en la cocina, sentí un estropicio en el techo que me asustó un poco y había dejado caer, por el susto, el vaso de aluminio que hizo más ruido que aquellos perros que no nos dejaban dormir noches atrás. Ahora eran unos gatos que estaban alborotados y peleando a una gata en plena noche. Pues, los gatos son animales nocturnos que andan por ahí, casando ratones o correteando en los tejados de las casas como si estas fueran pistas de carrera. Yo tomé nuevamente el vaso de aluminio que había dejado caer al suelo y luego lo volví a llenar de agua para pasar aquel tremendo susto que me habían dado esos traviesos gatos del demonio. Regresé al cuarto y mi esposa seguía durmiendo como si nada. Estaba tan profundamente dormida, que no sintió el ruido del vaso de aluminio que había dejado caer en la cocina por aquel estropicio que habían hecho los gatos arriba del techo de la casa, ni mucho menos sintió aquel estropicio. Me acuesto nuevamente, tomo la cobija y me arropo. Luego miraba por la ventana y veía a la luna tan redonda y tan resplandeciente, pero fue desfigurándose poco a poco por una densa nube que después la había ocultado totalmente y ya no se podía ver más. Al cabo de dos horas, ya yo estaba dormido y sin haberme dado cuenta del momento en que me había quedado dormido, pero un tremendo trueno que sonó de repente en seco me hizo despertar del tremendo susto que me había dado. Eran las tres de la mañana cuando aquel trueno me despertaba. Mi esposa, que también estaba rendida del sueño, sintió el fortísimo trueno que había hecho retumbar toda la casa como si se quisiera desatar un terremoto y la habían despertado también del susto. Ahora estaba relampagueando mucho, pues, se había desatado una tormenta. El cielo estaba totalmente nublado y después comenzó un tremendo aguacero que duró más de dos horas. –Que tremendo aguacero se ha desatado –. Me decía mi mujer. Yo creía que se iba a desatar otra grave inundación como pasó una vez en el pueblo, que nos dejó a todos con el agua hasta el cuello. Pero esta vez, el pueblo estaba ya preparado para ese tipo de emergencias, pues, el pueblo había diseñado un sistema de drenaje para evitar una nueva inundación que nos cogiera a todos de sorpresa. Pero yo pensaba que uno nunca estaría preparado para un suceso que el destino nos pusiera en cualquier momento de nuestras ignorantes vidas. Si el pueblo ya había diseñado tal sistema, la naturaleza también había diseñado otro tipo de acontecimiento que nosotros, como seres humanos, no sabíamos y que por la cual tampoco estábamos preparados ni alertados para superar aquella nueva adversidad que viniera de improviso o repentinamente. Todos los habitantes del pueblo habíamos superado algunas pruebas y obstáculos que la vida misma nos había puesto, pero lo que no esperábamos ni mucho menos sabíamos era que venía otro acontecimiento mayor por la cual no lo íbamos a superar y los que lograran salvarse lo recordarían para toda la vida. Pues, aquellas raras sensaciones mías eran señales de que algo malo pasaría con nosotros o con el pueblo en el cual habíamos nacido, pues nadie conoce los designios de Dios y esas malas sensaciones mías eran las señales de un mal presagio. Pero aquellas señales que me tenían preocupado, terminaron un mes después cuando a mi esposa le había llegado una carta en donde había recibido como herencia una casa. Mi esposa, muy contenta por la noticia, decidió que nos fuéramos a vivir a la nueva casa y que estaba muy lejos de nuestro pueblo. Yo sentí que aquella noticia era la gran oportunidad de salvar así nuestras vidas de lo que iba a suceder en nuestro pueblo y además era una gran oportunidad que nos estaba dando la vida para que saliéramos de nuestro pueblo y así no sufriéramos las consecuencias de un desastre que venía en cualquier momento para nuestro antiguo pueblo natal. Yo en verdad tenía el deseo y las ganas de irme de aquí, pero sabía de ante mano que mi esposa no iba a abandonar al pueblo para darme el gusto o el capricho de irme para otra parte que no fuera su pueblo, nuestro pueblo, quién nos había visto nacer. Le doy gracias a Dios por aquella grata noticia que fue la estrategia perfecta que Dios había diseñado para sacarnos del pueblo y llevarnos para otro lugar más seguro y estable. Mi esposa, muy emocionada y sin pensarlo dos veces, me pidió que nos mudáramos lo más pronto posible a la nueva casa que había recibido como herencia de sus fallecidos padres. Yo accedí a la petición sin también pensarlo dos veces y al cabo de una semana habíamos vendido nuestra antigua casa, luego de vendida nos fuimos para la otra ciudad en donde estaba nuestra nueva residencia que el mismo destino nos había obsequiado como una oportunidad más de vida y de lo que se nos venía para encima si no hubiéramos salido de nuestro antiguo y fatídico pueblo de Asneros.

Capítulo 5.

– ¡Huyan de aquí, váyanse de este pueblo que está maldito, porque viene una gran ruina y una gran devastación para este lugar y no van a tener tiempo de salvar sus vidas cuando venga aquel horrible desastre! –. Decía la loca Petra, gritando y voceando por todos lados y a los cuatro vientos aquellas absurdas expresiones. –Ya estás escuchando, Carlos. Esa loca sí que está bastante deschavetada –. Me decía Arturo. Luego me echaba a reír con Arturo cuando veíamos a la loca Petra decir tales barbaridades que tenía a todo el mundo muerto de la risa. Luego, ésta, al vernos reír, se nos acercaba a donde estábamos nosotros. Yo creía que nos iba hacer algo malo porque nos estábamos burlando de ella, pero ésta se nos había acercado para decirnos únicamente que sino salíamos de aquí, íbamos a perecer también en ese gran desastre que ella estaba anunciando por todo el pueblo. Después que nos dijo aquello, se fue y siguió gritando su trágico y supuesto anuncio o pronostico apocalíptico del fin pero de nuestro pueblo. Nosotros no le hicimos caso y nos seguíamos riendo como si nada de aquella inofensiva y pobre loca que solamente se dedicaba a reciclar cartón y a husmear en los tanques para basura, buscando algo que comer cuando no encontraba ningún cartón que reciclar para poder venderlos por cualquier moneda. Luego pasaron varios meses y a la loca no se le volvió a ver más, pues ya no se le escuchaba por el barrio y por el pueblo sus absurdas algarabías. Ésta se había ido del pueblo sin dejar rastro alguno de su misterioso paradero. Era la segunda loca que habíamos tenido en el pueblo y que anunciaba como la anterior un supuesto desastre que hasta ahora no se había presenciado y por eso nos causaba mucha risa aquellas disparatadas cosas que decía aquella demente mujer mal trajeada. –Arturo, ¿Qué pasó con la loca Petra? porque ya no se le escuchan sus absurdas algarabías –.

–Bueno Carlos, en verdad no sé. Pero algunos vecinos me han dicho que ella ha abandonado el pueblo por lo que ella decía cuando estaba por estos lugares –.

–Pero bueno, ¿Para dónde se fue esa loca? –.

–Quién sabe. Es una simple loca que no sabía dónde estaba parada, ni sabía lo que hacía ni lo que decía. El bóxer es lo que la debe tener así, tan loca y desquiciada a la pobre mujer –. Decía mi amigo Arturo, refiriéndose al pegante que utilizan los zapateros para pegar zapatos y que la loca Petra utilizaba como un fuerte alucinógeno para mantenerse drogada, pues esa goma era muy fuerte y cuando ella aspiraba el olor de la goma se trababa, es decir que se drogaba con el olor de la goma. La condición de aquella miserable mujer que estaba loca me causaba por momentos mucha lástima, dolor y remordimientos por verla así en ese estado paupérrimo y lamentable de demencia y locura; pero yo no podía hacer nada. Únicamente Dios podía hacer un milagro con ella y sabía cómo ayudar a ese tipo de personas que se encontraban en ese estado deplorable como la que tenía la loca Petra. Así la llamábamos en el pueblo por no saber su verdadera procedencia y origen en el pueblo. Aunque algunos vecinos del pueblo me habían dicho que ella había sido una mujer muy adinerada, pero con una enorme adicción a las drogas que la llevaron a ese estado de demencia, llevándola así también a los más bajos lugares de la sociedad y del más bajo mundo de las drogas. Terminó por consumir u oler botellas de bóxer por no tener más dinero con que pagar las drogas y alucinógenos del más alto costo, pues, había perdido toda su gran fortuna en drogas y muchos otros alucinógenos que la arrastraron a la condición en la que estaba sumergida profundamente. Un día salí a trabajar, pues, me dedicaba al oficio de repuestero, es decir que era técnico ambulante en reparación de electrodomésticos y me había ido para otro barrio a trabajar. – ¡Reparamos licuadoras, abanicos y planchas! ¡Repuestos para la olla presión! –. Gritaba yo por las calles, anunciando lo que hacía. En ese barrio vivía un amigo mío. Yo llegué a su casa para saludarle. Pero cuando llegué, me encontré con la extraña sorpresa de que ya no vivía en el pueblo, pues se había mudado con su mujer a otra ciudad lejana a la nuestra.

Luego me encontré con un antiguo amigo de él y que también se había hecho muy amigo mío. – ¡Oh, Santiago! ¡Cómo estás! –.

–Bueno, Carlos. Gracias a Dios muy bien.

–Y la familia ¿Cómo está también? –.

–Todos están muy bien, gracias ¿Y tú qué me cuentas? –.

–Bueno Santiago, aquí como me puedes ver. Trabajando. Y cuéntame ¿Qué hay de la vida de mi tocayo Carlos? Porque vengo de su casa y me dijeron los que ahora están viviendo allí que se había mudado para otra ciudad –.

–Así es. El vendió su casa y se fue a vivir a otra ciudad –.

– ¡Ajá! ¿Y eso por qué? Sí él era uno de los que nos decía que de aquí de su pueblo no lo sacaba nadie –.

–Bueno, eso es verdad. Pero como su mujer Dina recibió como herencia una casa, se fueron para la ciudad en donde está la casa que recibió ella como herencia. De ahí en adelante no he sabido más nada de él –.

– ¡Caramba! Entonces Carlos ha sido muy desagradecido con su pueblo y con el barrio que lo vio nacer –. Le decía yo a Santiago, sin saber la verdadera razón de su rara partida del pueblo.

– Lo mismo digo yo. Eso es para que te fijes tú como cambian las personas de la noche a la mañana. –. Me respondió Santiago apoyando lo que yo decía. Aquella noticia acerca de la partida de Carlos para otra ciudad se me había hecho bastante rara, pues el mismo Carlos nos había dicho, a sus antiguos amigos, que de su pueblo no se iba nunca; así le dieran o le ofrecieran todo el dinero del mundo o todo el oro que hubiera, que él no salía de su pueblo, al menos que estuviera amenazado de muerte o hubiera hecho algo malo que lo hiciera salir del pueblo. Eso era lo que él mismo decía, pues, aquellas expresiones de él eran bastante radicales, y aquel cambio de decisión fue para mí un verdadero misterio que debía averiguar por mi propia cuenta. Tuvo que haber sucedido en verdad algo muy malo o algo, no sé en verdad que fue lo pasó con él, que lo hizo cambiar de decisión, pero que había tomado una decisión de una manera tan rara que no podía entender yo y debía buscar la manera de sacarme esa duda. Aunque cualquier persona en el mundo podía cambiar de opinión cuando quisiera, era normal, pero en el caso de él era un total misterio por lo que nos había dicho una vez, pues, él estaba resuelto a morir en su pueblo que defendía a capa y espada, y, nadie lo iba a sacar de él porque nunca pensaba en irse para otra parte, pues, su idea principal era esa: No salir jamás de su propia tierra o provincia que lo había visto nacer, crecer y desarrollarse como persona. Yo no creía en aquella idea de que una casa le había hecho cambiar de opinión, sino que había sido otra cosa que lo hizo cambiar de actitud frente a su rígida posición radical y su manera de pensar. Esas cosas raras de mi amigo lo sabía únicamente el confuso destino y no yo, pero debía averiguarlo de cualquier forma, pues, ese asunto no lo podía dejar así y quería salir de aquella intriga. Quería saber el motivo por el cual mi amigo había dejado el pueblo. Cuando llegué a la casa, después de haber trabajado, busqué en una libreta el número del celular de mi tocayo. Cuando encuentro su número, fui a un SAI y lo llamé. Eran como las siete de la noche cuando lo llamé. –¡Aló! –. Contestó la voz de mi amigo. –Un momento –. Le decía la muchacha del SAI que vendía los minutos a celular, para que no colgara el que había contestado a la llamada y pudiera yo hablar con él. Yo tomo el celular y le contesto.

–Quihubo tocayo, ¡Cómo estás! –.

–Perdón ¿Con quién hablo? –. Me contestaba mi tocayo sin saber con quién estaba él hablando y sin haber reconocido mi voz.

–Con migo. Carlos Macías –.

– ¡Ah! Carlos, tocayo ¿Cómo estás? Y qué me cuentas de nuevo –.

–Bueno ahí, todo bien. Llamándote para saber un poco de tu vida, de que te habías hecho. Porque me contaron que te mudaste para otra ciudad y no nos dijiste nada a tus amigos más allegados –.

–No tocayo, esto fue de improviso. A mi mujer le dieron la herencia de una casa y por eso nos mudamos a otra ciudad–

–Bueno tocayo, pero ese cambio tuyo sí es raro. Porque tú siempre nos decías que nunca te ibas a ir del pueblo, que para aquí que para allá –. Le decía yo.

–Y cómo supiste que me había mudado, sí tú tenías rato que no ibas por la casa –.

–Bueno porque hoy me fui a trabajar al barrio en dónde estabas viviendo y llegué a tu antigua casa. Luego pregunté por ti y me encontré con la sorpresa de que te habías mudado. Después me encontré a Santiago y él me había dicho que te habías ido con tu mujer a vivir en otra ciudad. Pero lo que todavía no entiendo ¿Cuál fue ese cambio tan repentino que te hizo cambiar de parecer e irte así del pueblo? Si tú siempre nos decías que a ti nunca te iban a sacar del pueblo, así te dieran todo el dinero del mundo o todo el oro del mundo, pero que tú no te ibas para otro lugar que no fuera tu pueblo natal. ¿Qué pasó entonces con eso? porque en verdad me parece raro y me extraña eso de ti, que tú, defendiendo una posición, estés tomando otra. Algo tuvo que haberte pasado para que tomara esa decisión, porque yo recuerdo que una vez nos dijiste que lo único que te podía hacer cambiar de opinión era que te pasara algo en el pueblo o que tú hubieras hecho algo malo que te hiciera salir de aquí del pueblo y eso es lo único que tengo entendido de ti –.

–Bueno, lo que tú estás diciendo es cierto. Quizás no me ha pasado nada, pero creo que sí va a pasar y por eso estoy en otra ciudad –.

–Bueno pero, a ver, cuéntame eso que dices tú que va a pasar. Porque no te entiendo todavía nada de lo que estás diciendo o de lo que me quieres decir –.

–Está bien Carlos. Lo que voy a decirte, te va a parecer gracioso o una locura y espero que no te vayas a burlar o a reír de mí como siempre lo has hecho –.

–Tranquilo que eso no va a pasar. Cuéntame con toda confianza que es lo que sucede –.
–Así dices tú y luego sueltas la tremenda risotada como siempre se te ha caracterizado, después de eso se lo cuentas a los demás para que también se burlen. Pero si eso pasa ya no me importa ni me interesa, porque ya no estoy allá –.
– ¡No, no! tranquilo tocayo, que esta vez es en serio y no se lo voy a decir a nadie. Así que cuéntame, que me tienes muy intrigado –.
–Bueno Carlos, agárrate bien los pantalones. Porque lo que te voy a decir no es nada bueno y te va a parecer una película de terror. Lo que pasa es que a nuestro pueblo o al pueblo en donde estás viviendo en estos momentos va a llegar un grave acontecimiento que va acabar y a destruir a toda la población y mucha vida va a perecer. Así que te recomiendo que también salgas de ese lugar o huyas para otra parte, no sé para donde, pero sal de allí –. Cuando escuché aquello, todos los bellos de mi cuerpo aterido por la espeluznante noticia aterradora se me erizaban como cuando se eriza un puercoespín o un gato cuando es atacado por un perro. Luego sentí mucho escalofrío y una gota de sudor fría bajaba de mis sienes hasta llegar a mi temblorosa barbilla. Luego tomé un paño seco y me limpiaba el sudor de mi pálida cara por el susto. Por primera vez en mi vida sentí miedo, como si aquello que estaba sintiendo, confirmaran la veracidad de aquellas palabras de mi amigo y del cataclismo que se nos venía para encima y que yo ya estaba presagiando

por las cosas raras que había escuchado. –Tocayo, ¿Estás seguro de lo que me estás diciendo? –.
–Sí hombre, estoy seguro. Si no fuera así, todavía estuviera viviendo en el pueblo y no aquí en esta ciudad –.
–Tocayo, ¿No será que te estás equivocando y estás tomando las cosa muy apecho y confundiendo las cosas? –.
–No, ya te dije que es verdad lo que te estoy diciendo –.
– ¿No será que te estás volviendo loco? –.
– ¡Ya viste! Por eso era que no te quería decir nada. Yo sabía que no me ibas a creer y me ibas a tratar de loco. Por eso es que no me gusta hablar contigo, porque tú no crees en nada –.
–Bueno pero no te molestes. Yo nada más te llamaba para saber el por qué te habías ido del pueblo sin decirnos nada a tus amigos. Nada más –.
–Bueno, ya lo sabes. Aquello que te conté fue mi verdadero motivo por el cual abandoné al pueblo. Allá tú si quieres creer o no. ese es problema tuyo y no mío. Yo cumplí con decirte la verdad y el verdadero motivo de mi partida del pueblo y de lo que va a suceder después en él –. Yo sí le había creído a lo que mi tocayo Carlos me había dicho, e incluso me puse más nervios cuando sentí aquellas raras sensaciones que me hicieron pensar mucho. Cuando llegué a la casa, después de haber pagado la llamada que había hecho a la muchacha del SAI, le comenté a mi madre todo lo que Carlos, mi tocayo, me había dicho por

celular. – ¡Ay, mijo! Ya viste. Entonces lo que decía aquella loca era cierto. En cualquier momento nos vamos a morir en este pueblo del demonio. Últimamente he sentido cosas raras, pero muy raras en este pueblo y tú no has querido oír ni prestar atención a las cosas que uno te dice. Cuando una madre presiente algo malo es porque va a pasar algo malo, pero tú te la pasas burlándote de la gente y de las cosas que dice la gente. Pero a veces esas cosas raras terminan siendo verdad o cumpliéndose. Hijo, si yo fuera tu amigo, también me hubiera ido de aquí. Así que, hijo, mira cómo hacemos para salir de este pueblo. Yo no quiero morir como un animal en este pueblo que ya me huele a muerto –.

– ¡Ay mamá! Usted sí que es muy exagerada y trágica –.

–No hijo, es verdad. Hace días atrás que he sentido como un olor ha muerto en todo este pueblo y eso es un mal augurio –. Me decía mi mamá muy preocupada por lo que había dicho. Cuando salí al patio para lavar una de mis camisas de trabajar, pude notar que el palo de guanábana estaba seco totalmente. – ¡Amá! ¿Por qué el palo de guanábana está seco? –. Mi madre al escuchar lo que le dije, sale al patio y mira al palo de guanábana que estaba seco y luego exclamaba muy sorprendida por aquello: – ¡Ay Dios santo! Que mal augurio será éste. Ya viste mijo, es lo que te había dicho hace rato. Cuando un palo o una mata se seca es porque algo malo está por suceder o se está aproximando un peligro –.

– ¡Ay mamá! No sea tan trágica. Debe ser porque no se le ha echado agua y por eso se secó –.
–Mijo, si todos los día se le echa buena agua –.
–Bueno, entonces debe ser que le cayó alguna clase de plaga –. Le decía, yo, a mi madre para darle una buena explicación del porqué se había secado el palo de guanábana y tranquilizarla un poco. Yo, preocupado también por aquella extraña situación, dejé de trabajar por algunos días para dedicarme a investigar sobre aquellas extrañas señales y acontecimientos que se estaban dando en el pueblo y que para muchos habitantes eran normales e insignificantes. Para mí, aquellos sucesos extraños no eran normales, pues yo le empecé a dar importancia a aquellas cosas raras que para muchos eran normales y sin ninguna clase de valides. Un día como cualquier otro, pasaba yo por un monte bastante poblado de árboles y arbustos. Decidí tomar un pequeño descanso y me recosté debajo de un pequeño arbusto, pero al yo acercarme más al pequeño y coposo arbusto, vi a un metro de distancia a un horrible sapo que tenía la piel muy arrugada, pero lo que más me llamó la atención del sapo fue la pequeña cifra numérica de tres números. Lo analice bien, pero no sabía con mucha certeza sí eran tres nueves o tres seis. Aquello me dio una mala sensación y muy mal augurio de que algo malo iba a sucederme en ese momento estando yo allí, pues aquello no era una buena señal. Después de haber visto aquello, me levanto de aquel lugar y me retiro para mi casa. Al llegar a la casa le comenté a mi madre lo que había

visto en el monte. – ¡Ay mijo! Eso es un mal presagio o mal agüero. Eso quiere decir que en verdad va a suceder algo muy malo en este pueblo y el destino quiere que nos vayamos de aquí–.

–Pero madre ¿Para dónde vamos a ir o para dónde cogemos? –.

–Bueno mijo. Yo tengo un familiar que vive en otro pueblo. Nos podemos ir para allá –.

–Madre, usted bien sabe que no me gusta depender de nadie más y si nos vamos para allá, vamos a ser una carga más para ellos –.

–No mijo, no pienses así. Ellos nos pueden dar posada mientras encontramos un lugar propio con el tiempo en donde podamos vivir. Pero lo más importante es que salgamos de aquí, antes que nos coja la mala suerte o la mala hora o lo que sea que va a venir para este pueblo –.

–Bueno está bien, esta vez le voy hacer caso. Vámonos para allá –. Yo, después de aquella mala señal que había visto en aquel sapo, no continué con mis averiguaciones de aquellos raro y extraños presagios que anunciaban un terrible acontecimiento destructivo en contra de nuestro pueblo. Aunque había descubierto que teníamos a muy pocos kilómetros a un volcán que nunca había estado activo, pero que en cualquier momento podía hacer erupción. Era un volcán inactivo, pero que se había convertido o lo habían convertido en una gran atracción turística por sus abundantes termales de aguas diáfanas y cálidas, pues tenía en su misma boca o cráter un gran lago de agua tibia que se había derretido por acción del fuerte calor que tenía el volcán concentrado en su interior y que hacía que todo el hielo del cono superior se derritiera lentamente y creara ese lago de agua tibia, que la gente del pueblo y los turistas usaban como balneario. En ese volcán era como jugar con un león dormido por muchos milenios, que en cualquier momento podía despertar y tragarse en un instante a medio mundo. Un día llegué a visitar aquel lugar. Estaba solitario y no había ningún alma en esos momentos allí en ese lugar, disfrutando, aparentemente, de sus cálidas aguas termales, sólo estaba yo. Era un lugar que me causaba una gran sensación de temeridad y espanto, pues era un lugar que causaba mucho respeto y miedo a la vez. Yo estaba parado en la misma boca de un volcán que por milenios estaba dormido y que no me cabía en la mente cómo la gente que venía de tan lejos a visitar un lugar como el que estaba pisando en esos momentos, no tuviera tal temeridad y respeto por aquel gran montículo que no insinuaba peligro alguno; pero que en cualquier momento podía despertar y destruir toda una vasta región sin dejar a ninguna alma con vida. Toda aquella gente que venía a bañarse a ese lugar, no median las consecuencias funestas de aquel durmiente inmóvil que no daba aún señal de un posible y trágico despertar. Yo comencé analizar el lugar y luego pude llegar a una espeluznante conclusión de que lo único que podía pasar en nuestro pueblo era que aquel volcán hiciera en verdad erupción y destruyera a todos los pueblos aledaños que estaban erigidos y construidos por todos los alrededores del volcán. Pero la gente es terca cuando se trata de pronósticos y futuros presagios anunciados por la naturaleza misma o por boca de aquellos que quizás han visto algo y han querido comunicarlo para nuestro bien, pero que por nuestra incredulidad no aceptábamos tales sucesos que en verdad no estaban muy lejos de suceder, pues vivíamos cerca del peligro o nos gustaba vivir cerca del peligro que preferíamos no escuchar, pero yo si quería evitar un desastre y no sabía cómo, porque a la gente no les interesaban esas historias de gente loca y sin oficio que lo único que buscaban era llenarle la cabeza de cucarachas y meterles miedo, según creían ellos o los que decían así. Era lo que la gente incrédula de mi pueblo pensaba cuando escuchaban esas cosas y no hacían caso. Al mes, mi madre había hablado con aquel pariente lejano para que nos diera, por algún tiempo, posada en su casa mientras encontrábamos un lugar propio o arrendado en donde pudiéramos vivir tranquilos, sin molestar a nadie y sin sobresaltos y temores por algún posible desastre que fuera a pasar. Preparamos la mudanza y nuestro medio de transporte era un carro de mula que aquel pariente nos había prestado para así poder hacer el trasteo y cargar con todas las pocas cosas y enseres que teníamos en nuestra humilde casa que era pequeña, pues sólo medía diez metros por siete y un pequeño patio en donde estaba aquel palo de guanábana que se nos había muerto misteriosamente. Cuando empezamos a cargar las cosas, algunos vecinos del barrio se nos acercaban para preguntarnos el por qué nos estábamos yendo. Yo, sin medir la magnitud del problema y de la incredulidad de la gente, le manifesté las verdaderas razones del por qué nos estábamos yendo del pueblo, pero esta comenzaban a burlarse de nosotros sin prestarnos atención a lo que les decíamos. Yo les insistía en que también hicieran lo mismo, pero no lo tomaban en serio; sólo se reían y se reían sin más nada que hacer. Mi amigo Arturo, cuando nos vio también cargando las cosas en el carro de mula, nos preguntaba que para donde nos íbamos y al saber él también las razones o los motivos de nuestra partida se echaba a reír también, burlándose así de nosotros. Ahora era él el que se burlaba de mí y yo era el loco para él. –Parece que las locuras de Petra te han afectado también a ti –. Me decía Arturo con una tremenda risa. Yo no le hice caso a sus constantes burlas y seguí montando al carro de mula las pocas y últimas cosas que nos quedaban por subir. Era poco lo que teníamos en la casa y tampoco teníamos muchas cosas de valor. Sólo lo necesario y dispensable para poder vivir. Cuando ya teníamos todo arriba y listo para salir del pueblo, nos montamos, mi madre y yo, al carro de mula. Tomo las riendas y hago un azote de cuerdas al burrito y nos vamos. Íbamos saliendo al paso lento del burrito y la gente riéndose de nosotros a carcajadas mientras nos veían salir del pueblo. Yo por la pena y la vergüenza, agachaba la cabeza para no ver a la gente burlarse de nosotros, pero mi mamá me decía: –No te preocupes mijo, ni tengas vergüenza. Nosotros cumplimos con haberles dicho. Allá ellos si creen o no y si obedecen o no a nuestras palabras. Nosotros cumplimos con obedecer al destino y a los designios que la vida nos está mandando. Así que sigue adelante y no les prestes a tención a lo que digan o hagan, porque nosotros estamos salvando nuestras vidas y ellos la van perder. Así de sencillo –. Me decía mi sabia madre. Cuando ya habíamos salido del pueblo y cuando ya llevábamos dos horas de camino, pues ya estábamos bien lejos del pueblo. Yo volteaba para ver el lejano horizonte en donde aviamos dejado por última vez a nuestro pueblo y cuando veía hacia atrás, pude ver una gran nube negra que tapaba o cubría como una gran sabana negra o cortina a nuestro antiguo pueblo de Asneros. Era una gran nueve muy espesa y luego comenzaba a relampaguear. El camino por dónde íbamos nosotros había sol y hacia un buen tiempo, pero atrás había quedado el gran misterio de un desastre que no sabíamos cuando ocurriría o sucedería, pero que en cualquier momento se iba a dar aquel terrible acontecimiento trágico, y ya nosotros no íbamos a estar en ese lugar para presenciarlo. Duramos cinco días en llegar a nuestra nueva residencia momentánea, huyéndole algo incierto y que no sabíamos cuando iba a ocurrir aquello que nos hizo salir corriendo de nuestro pueblo. Cuando llegamos, nos instalamos en la nueva residencia eventual. Al cabo de dos años, ya teníamos nuestra propia parcelita que era un poquito más grande y cómoda de la que teníamos en nuestro antiguo pueblo de Asneros y que habíamos dejado atrás por aquellos designios que nos había revelado la vida. Después de ese tiempo de estar viviendo en otro lugar diferente al nuestro, no había escuchado ninguna mala noticia de desastre que hubiera ocurrido o se hubiera desatado en nuestro antiguo pueblo y lo hubiera destruido por completo. Yo, al saber que no había pasado nada malo en nuestro pueblo, llegué a pensar que todo aquello fue una farsa u unas simples especulaciones o supersticiones que nos habíamos imaginado, que pensé en regresar al pueblo. Pero al cabo de dos semanas pasó algo insólito y que pude ver con mis propios ojos por televisión. Una imagen destructiva y devastadora de un volcán en erupción, arrasaba por completo a toda una gran población y que había matado a un sinnúmero de gente en aquel lugar. Aquel acontecimiento había ocurrido en horas de la noche cuando todos aquellos habitantes dormían tranquilamente en sus confortables moradas, pero la muerte los cogió a todos de improviso y no les dio oportunidad de salvarse de ese gran siniestro devastador. Cuando pregunté qué en donde había ocurrido eso, aquellos que veían el noticiero me respondieron: –Fue en la ciudad de Asneros –. Yo, al escuchar aquello, quedé estupefacto por aquella trágica noticia, pues ya yo había pensado en regresarme con mi madre a nuestro antiguo pueblo sin saber lo que me estaba esperando allá y esa noticia fue la puntada final de algo que nos iba a ocasionar la muerte y que fuimos también afortunados en no estar allí, pues el destino nos había dado una mano; salvándonos de aquel desastre, pero a la vez esa trágica noticia me causaba mucha tristeza porque habían muerto muchos coterráneos nuestros y muchos amigos allegados a nosotros. Cuando mi madre se enteró de aquella trágica noticia, no dejaba de llorar. Muchas amistades de ella ya no existían y eso era un gran motivo de tristeza y luto para mi sufrida madre. – ¡Ay mijo!, si nos hubieran hecho caso se hubieran salvado también –. Me decía mi madre llorando sobre mi pecho cuando la estaba consolando por aquella noticia. Aquellos que se habían burlado una vez de nosotros, estaban calcinados y muertos por aquel monstruo que ya había despertado de su milenario sueño. Aquel gigantesco monstruo que como un gran dragón que echa fuego por la boca, había calcinado y destruido a toda una vasta región entera sin dejar rastro alguno de vida. Sólo se veía candela por todos lados y un mar incandescente de lava que corría como un río de aguas rojas. Nuestro pueblo nunca estuvo preparado para un acontecimiento de esa magnitud y que terminó sumido en una total destrucción fatal. Nunca hubo un verdadero sistema que les anunciara o les previniera tal acontecimiento devastador, porque los designios de Dios son un gran misterio escondido y que únicamente Dios lo revelaba a quién él quisiera, pero aunque revelara aquellos designios a aquellos seres afortunados, el resto no iba a creer en tales sucesos o acontecimientos desastrosos. Pero Dios, a través de la naturaleza misma nos advierte y nos previene por cualquier señal o augurio extraño lo que podía ocurrir en cualquier parte y en cualquier momento de nuestras vidas. Sólo se salvan aquellos que si obedecen a las señales por muy alocadas, absurdas o descabelladas que parezcan. Nosotros nunca supimos con certeza el momento en que iban a suceder tales acontecimientos ni mucho menos la manera como sucederían los hechos o aquellas acciones devastadoras, aunque sí pude descifrar casi con exactitud aquellas señales, porque cuando estuve parado en medio de aquel monstruoso y durmiente volcán lleno de agua aparentemente; pude deducir la posibilidad de que aquel volcán hiciera erupción y acabara con toda la región y sus contornos, pues era lo único que me venía a la mente: Que el volcán estallara de un momento a otro y destruyera y matara a mucha gente. Pero nunca pensé que fuera en la noche y cuando todos estuvieran durmiendo en sus casas. Cosa que se cumplió y que he podido presenciar desde muy lejos, en lejanas tierras y desde un lugar distinto al desastre. Ahora a mi madre y a mí nos quedaba el consuelo de resignarnos por aquel desastre que nos había dejado huérfanos de origen, pues ya nuestro pueblo natal no existía y debíamos vivir con el recuerdo imborrable de aquellos sucesos por la cual no fuimos víctimas, mucho menos los fatales protagonistas de aquel desafortunado desastre natural que destruyó a toda una vasta región, pero que sí somos uno de los pocos testigos sobrevivientes que nos salvamos y que quedamos vivos de milagro para contarlo a nuestros predecesores, pues somos la memoria viva de lo que nos hubiera pasado si no hubiéramos salido o escapado a tiempo de aquel horrible desastre que se nos venía para encima.

Capítulo 6.

Antes de que la ciudad de Asneros hubiera sido devastada por aquel horrible desastre, me encontraba estudiando y laborando en otra ciudad distinta a la que habíamos nacido. Pero aquella historia y aquel horrible suceso venían presagiándose muchos años atrás cuando siendo yo de diez años, escuchaba decir a aquellos extremistas que iban a suceder tales cosas con mi tierra natal. Yo, como era un niño en víspera de pasar ya a la adolescencia y comenzaba la pubertad, no le prestaba atención a esas conversaciones y pronósticos de gente loca o que tenían imaginaciones desaforadas y que no tenían más nada en qué pensar, o en qué distraerse en sus momentos de aburrimiento. Mi padre, un campesino rustico, era una de esas personas que tenía aquellas alocadas ideas y todo lo que veía o sentía lo convertía en malos agüeros o algún tipo de augurio que presagiaban, según él, algo no bueno ni grato para nuestro pueblo. Yo le escuchaba a mi difunto padre todas aquellas palabrerías que me decía cuando era niño, pues era mi única forma de entretenimiento y no tenía más nada para distraerme y pasar mis momentos de aburrimiento cuando estaba con él. Todo lo que era extraño para mi padre le parecía curioso y le daba o le sacaba un veredicto a sus conclusiones desaforadas, y ay si uno le llevaba la contraria, porque en seguida recibía uno de él el fuerte manotazo en la cara o por donde te diera o te cogiera. Pero aquellas cosas que decía mi padre tenían su razón de ser, porque casi todas sus conjeturas resultaban ciertas o se cumplían de cualquier forma, pero se daban o se cumplían y eso me sorprendía mucho de él, que luego con el tiempo llegué a creerle a todas aquellas cosas que me decía. Mi padre, con sólo mirar el cielo, decía que iba a llover y en efecto, llovía. Él era como una especie de profeta que cuando decía algo se cumplía. Por esa razón fue que yo empecé a creerle a mi padre todas aquellas cosas que me decía por la manera como estas se deban o se desarrollaban. Un día estábamos, mi padre y yo, atando manojos de hierbas para darles de comer a los dos burros que teníamos y que eran nuestros únicos medios de transporte cuando salíamos de casa. No éramos ricos, ni mucho menos teníamos carro último modelo que aunque fuéramos ricos y los tuviéramos de nada nos iban a servir, pues no podían llevarnos por aquellos lugares y parajes que eran inaccesibles y difíciles de transitar y que ningún vehículo de esos podía llegar. Nuestros burritos sí podían ir a donde quisiéramos. Otras de las muchas curiosidades que tenía mi padre era la manera de predecir y dar la hora exacta. Tenía tres maneras o formas para decir la hora: miraba la posición del sol y luego decía la hora exacta. Eso era algo de admirar de mi padre y que me sorprendía mucho. Aunque mi padre fuera analfabeto en otras cosas, era adiestrado y capacitado en otras. Aunque mi padre no hubiera ido nunca a un colegio, era un hombre instruido por la vida misma y por la naturaleza misma. Eso nadie se lo podía quitar o arrebatar fácilmente, pues era algo muy innato de él y un don especial que Dios le había regalado y que también le da a aquellos que quizás no tienen con qué pagar una escuela o costearse los mejores estudios. La otra segunda forma de predecir la hora era cuando un burro rebuznaba, pero esa forma de pronosticar la hora la daba cuando no había sol, y, la última era la forma tradicional: La del gallo. Este último tampoco le fallaba a mi padre, pues, los gallos de nuestro pueblo cantaban tres veces al día: En la mañana, al medio día y al caer la tarde o al ocultarse el sol. Yo siempre andaba con mi padre para arriba y para abajo, mientras que mi hermana menor ayudaba a mi madre en los quehaceres de la casa, pues éramos dos hermanos que nos repartíamos las labores del hogar. Yo salía con mi padre a trabajar en el campo y mi hermana con mi madre trabajaban en las labores de la casa. Pero cuando estaban desocupadas, nos ayudaban en las labores del campo para no aburrirse y no estar quietas sin hacer nada. Teníamos un gran cultivo de yuca, plátano, maíz, malanga y patilla que nos daban una buena cosecha y que era nuestro sustento diario. Pero cuando no había cosecha alguna o no había nada sembrado, nos dedicábamos a cortar grandes manojos de hierbas para poder venderlas a las fincas y establos donde había caballos, burros, asnos, bacas, etc. Y así estábamos en constante actividad. Un día cualquiera, mi padre y yo íbamos cabalgando en nuestros respectivos burritos e íbamos por el camino rumbo a nuestro trabajo, cuando mi padre y yo pudimos divisar a lo lejos del largo horizonte una gran bandada de gallinazos negros que revoloteaban en círculos por el cielo azul. Yo había visto aquello, pero no le presté mucha atención. Mi padre sí le había llamado la atención aquella bandada de gallinazos, y, cuando él vio aquello me decía: – ¡Mira hijo! Hay una gran bandada de gallinazo revoloteando por el cielo y dando círculos. Eso quiere decir que debe haber un cadáver de animal muerto por ahí. Pero debe ser demasiado grande porque son muchos gallinazos. Eso va a ser para ellos un gran banquete. Lleguemos hasta allá para ver qué clase de cadáver es, porque en verdad son muchos gallinazos –. Esos goleros, como les llamo yo. Seguían revoloteando y revoloteando en círculos y cuando nos acercamos para ver qué era aquello que tenía a todos aquellos gallinazos tan alborotados por el cielo, pudimos ver el cadáver. Luego nos espantamos cuando vimos aquel cadáver, pues, era el cuerpo muerto de un ser humano. Nosotros creíamos que era el de un caballo o burro que había muerto de viejo o de enfermedad y que estaba tirado en el solitario monte, en espera que los goleros y otros animales se lo comieran. Aquello fue para mi padre un mal pronóstico, pues, nunca nos habíamos topado con algo semejante. Sí habíamos visto muchos cadáveres de animales que estaban siendo devorados por los gallinazos y otros tipos de animales carroñeros, pero nunca el de un ser humano y tirado en un espeso monte y a la intemperie como si fuera cualquier otro animal más. – ¡Dios santo, hijo! ¡Esto sí es lo más horrible que yo haya visto en toda mi vida! Pobre hombre. Que le habrá pasado para que llegara a morir así. Este hombre ya tiene varios días de estar aquí tirado, porque el olor es bastante fétido –. Me decía mi padre tapándose la nariz por aquel fuerte olor putrefacto que despedía aquel cuerpo muerto y en estado de descomposición. Mi padre y yo no sabíamos qué hacer con aquel cuerpo muerto de aquel hombre bastante regordete y de buena estatura. Aquel cuerpo muerto tenía encima seis gallinazos que le habían arrancado los ojos y tenía algunas partes de su cuerpo arrancadas, desgarradas y picoteadas por los goleros. Esa escena se me quedó grabada por primera vez en mi mente. –Debemos dar aviso a las autoridades del pueblo para que sepan este misterioso asunto –. Luego nos subimos nuevamente a nuestros respectivos burritos. En nuestro pueblo no existía todavía el teléfono celular con que pudiéramos comunicarnos con alguien y diéramos aviso de aquel hallazgo macabro y sin ninguna explicación. Nuestro pueblo era un lugar virgen de la tecnología y demasiado alejado de otras ciudades que sí tenían avances en la comunicación. Mi padre y yo nos regresamos para el pueblo para darle aviso a las autoridades de aquel macabro hallazgo y que nunca llegamos a saber de qué había muerto aquel hombre. Desde ese entonces me empezó a gustar el oficio de investigador privado, pues quería saber de qué había muerto tal y tal persona y quienes habían sido sus posibles asesinos, si los tenía, o qué fue lo que llevó a la muerte a esa persona, si fue muerte natural o un misterioso asesinato sin descubrir. Yo sabía de ante mano que mi pobre padre no tenía con qué pagar en el futuro unos estudios así para llegar a ser un gran detective que resolviera aquellos casos sin resolver. Aunque mi hermana y yo estudiábamos en un colegio rural para campesinos pobres y no pagábamos, gracias a Dios, un peso; pues el colegio en donde estudiábamos era del estado, todo corría por cuenta del gobierno. Pero eran más los paros que tenía el colegio, que las clases que dábamos. El mundo siempre está inconforme o estará inconforme siempre, pues nunca nos saciamos, pues siempre estamos queriendo algo más, olvidándonos de los demás y causándoles indirectamente perjuicios a otros. Nosotros los estudiantes de aquel plantel educativo éramos los más afectados por aquellas huelgas y paros. Pasaron los años y mi hermana y yo pudimos, a duras penas, terminar la primaria y comenzar el bachillerato, que también tuvo por momentos sus trabas y pormenores. Mi hermana y yo estábamos en la flor de la adolescencia y de la pubertad. Muchas cosas y muchos cambios estaban sucediendo en nuestras vidas, pues, nuestras vidas eran por momentos aburridas, ya que no teníamos nada con qué distraernos cuando estábamos ayudando a nuestros padres en las labores diarias y cuando no estábamos haciendo nada, nos las pasábamos leyendo algunos libros poco interesantes que nos servía para quemar el tiempo que no usábamos en nada, pues nuestros padres nos decían que leyéramos libros, que eso nos iba abrir más el entendimiento y hacer más inteligente, aunque nuestros padres tenían la razón. Pero nosotros queríamos algo más interesante y divertido. Un día llegó a nuestra casa algo que sí pudo cambiar esa monotonía que teníamos mi hermana y yo, pues, a nuestro padre le habían regalado un televisor. Nunca habíamos tenido un televisor en casa y por primera vez habíamos tenido uno. Ese televisor se lo habían regalado a mi papá por un trabajo que había hecho y que le había ido muy bien. Aquel televisor era en blanco y negro, pero que no nos permitía distinguir ni saber de qué color era la ropa que usaban los personajes de la tele, pero nos entretenía bastante. Recuerdo muy bien que la marca del televisor era una marca muy extraña y que creo yo que ya no existe. Aquella marca decía CHEVVETTE y era de botones. Aquel televisor no era como los de ahora que son planos y livianos, a control remoto y a todo color; en donde sí podíamos distinguir y saber el color de los vestidos que usaban los personajes. Aquel viejo televisor, a pesar de ser en blanco y negro, fue por algún tiempo nuestra alegría y felicidad, pues ya mi hermana y yo teníamos con que pasar el tiempo libre en nuestros momentos de ocio, aburrimiento y sin hacer nada. Pero había momentos o situaciones en que ese televisor era fuente de pleito y disputas entre mi hermana y yo, pues aquel aparato era motivo de conflicto para mi hermana y yo, porque cuando yo quería ver un programa que estaban presentando en otro canal, mi hermana quería ver otro programa que a ella le gustaba y que a la misma hora lo presentaban por el otro canal. Eso en verdad era un problema que generaba mucha discusión y confrontaciones entre mi herma y yo. Mi padre, para acabar con esas constantes peleas por aquel aparato, tuvo que regalarlo para así evitar más peleas. Al principio, aquella solución nos pareció muy injusta. Cuando nuestro padre había regalado el televisor, nos dio mucha tristeza a mi hermana y a mí, que luego generó después, entre mi hermana y yo, otro tipo de conflicto, pues nos echábamos las culpa el uno al otro de que nuestro padre hubiera regalado el televisor, pero aquello no duro mucho, pues al cabo de muchos días volvimos a la normalidad y todo aquel asunto lo habíamos olvidado. Nunca más volvimos a tener un bendito televisor en casa y eso fue el remedio definitivo que hizo que mi hermana y yo dejáramos de pelear por ver tal y tal programa y volviéramos a ser unidos y los mismos de antes, pero otra vez aburridos. A nuestros padres no les interesaba si estábamos aburridos o no, sino que no siguiéramos peleando por aquel aparato del demonio como lo llamaba mi difunto padre, pero que era muy útil en la vida del hombre. Un día, mi padre y yo estábamos sembrando maíz y pude notar que mi padre miraba constantemente en dirección al volcán en donde había una gran laguna de agua tibia y en donde mucha gente iba a bañarse en sus cálidas aguas. Aquellas aguas tibias del volcán emanaba o se elevaba de él un gran vapor. Eso era una señal de mal agüero para mi padre, pues aquello no era de mucha confianza para él. Luego éste de haber mirado en dirección de aquel volcán inactivo por millones y millones de años y con aquella laguna de agua cálida, me decía: –Sabes qué, hijo. Algún día no lejano, ese volcán va a estallar como una bomba de tiempo, reclamando lo suyo –. ¿Pero qué era lo suyo?, me preguntaba yo para mis adentros. Luego que me dijo aquello, le contesté: –Pero apá, si ese volcán nunca ha hecho daño alguno en nuestro pueblo. ¿Cómo piensa usted que ese volcán va a estallar? –.

–Eso es lo que tú dices, hijo. Pero volcán es volcán y algún día va a explotar con toda su furia y mucha gente va a morir por consecuencias de aquel volcán –. Yo en verdad no sabía por qué mi padre lo decía, pero le creía a sus pronósticos, pues, ya había experimentado, junto con él, sus muchas conjeturas de cosas que él mismo me decía y que al cabo de horas, días o meses se cumplían y aquellas cosas que me había dicho no iban a ser la excepción. –Apá ¿Y cuándo va a pasar eso que usted dice? –.

–Eso en verdad no lo sé hijo, pero de qué va a pasar, va a pasar. Créeme lo que te estoy diciendo. Y si eso pasa, yo no estaré aquí ya para verlo ni para contarlo, pues tu madre y yo ya estaremos bajo tierra –. Cuando mi padre me dijo eso, yo me preocupé mucho, pues no sabía qué iba a pasar con mi hermana y yo. –Apá ¿Y qué va a pasar con mi hermana y yo? –. Le preguntaba a mi papá.

–Bueno hijo. Yo siento que ustedes no van a estar en este lugar para presenciar aquello –. Cuando me dijo eso, me sentí más tranquilo, pues mi padre era un hombre de presagios asertivos y que no fallaba en ninguno, pero habían momentos en que yo dudaba un poco, porque así como acertaba en sus presagios y estos a la vez se cumplían, también podían errar en cualquier momento por un mal cálculo y siempre podía haber una primera vez, y, mi padre era un ser humano común y corriente que también podía equivocarse en sus pronósticos o predicciones. Mi padre, un hombre del campo, cuando abría su boca pasaban cosas raras, pero rarísimas y que ya habían sido vaticinadas por él con antelación. No se necesitaban aparatos para medir el tiempo o el clima, pues mi padre tenía un sexto sentido de presentir situaciones con sólo mirar el cielo, los montes, los animales, hasta en la misma gente, etc. Cosas que yo, mi hermana ni mi madre teníamos. Aquello era como una especie de don que sólo mi padre tenía y había desarrollado durante toda su vida como un simple y rustico hombre del campo. Pasaron muchos años, y ya habíamos crecido. También habíamos terminado el bachillerato, mi hermana y yo, con mucha satisfacción y sólo nos faltaba la universidad, pero que mi pobre padre no podía costearnos, pues, éramos demasiado pobres para que mi padre o mi madre nos pagaran los estudios universitarios. Debíamos irnos para la ciudad para así emprender nuestros sueños de salir adelante por nuestras propias fuerzas, pero debíamos conseguir trabajo para costearnos los estudios. Ya estando en la ciudad, mi hermana y yo, pudimos encontrar trabajo y emprender así nuestras metas y aspiraciones. Aquellas cosas que mi padre me había dicho, no sucedían todavía. Pues no veía una señal contundente y veraz, que generara una situación bastante preocupante que nos hiciera salir del pueblo. Todo aquello sucedería más tarde, cuando mis padres ya no estuvieran con vida. Yo, ya adulto, le comenté a mi hermana de aquellos presagios que mi padre me había dicho una vez cuando tenía 16 años de edad y que nunca se lo manifesté a mi mamá ni a mi hermana, como para no preocuparlas o alarmarlas por aquellas ideas descabelladas que tenía mi padre. Cuando le dije a mi hermana de aquellas cosas se echó a reír, luego me decía que me estaba pareciendo a mi papá, creyendo en tonterías y en inútiles supersticiones, que debía olvidarme de eso y pusiera los pies en la tierra, pues ya no estábamos en el pueblo y ya no éramos unos niños que creían en esas cosas de gente vieja e ignorante. No le volví a decir más nada, después de aquella conversación que tuvimos. Pero aquello que me había dicho mi hermana de veinte años, había taladrado por completo mi cabeza y luego comencé a desechar aquellas ideas arcaicas y rudimentarias que mi padre me había dicho y sembrado como cuando sembrábamos en la huerta aquellas yucas, plátanos, maíz, malanga y patillas. Pues, en ese entonces era sólo un niño que le creía todo lo que me decía y ya yo era un hombre de veinticinco años de edad, que ya no estaba en edad para esas cosas. Aunque mi hermana y yo nos habíamos ganado una beca completa para estudiar en una universidad, debíamos costearnos de todas formas los gastos de hospedaje y estadía en la ciudad. Tuvimos que dejar nuestro pueblo por fuerza mayor para así irnos a estudiar bien lejos de los nuestros. Mi hermana y yo encontramos un buen empleo que nos solventaban los gastos de hospedaje, alimentación y estadía en la gran ciudad. Mi hermana Aura estudiaba por las noches contaduría y yo estudiaba derecho y leyes. Cierto día, decidimos, mi hermana y yo, visitar a nuestros padres; pues nuestra madre había enfermado de gravedad y no teníamos para pagarle un buen médico. Aunque nuestra madre nos decía que no nos preocupáramos por ella, pues, debíamos seguir estudiando para salir adelante y no nos quedáramos estancados en el pueblo que nos había visto nacer y crecer, y donde las cosas marchaban muy mal y el futuro a la vez era incierto. Mi madre tenía razón, pero mi padre no estaba de acuerdo con aquellas ideas y consejos que nos estaba dando nuestra difunta madre en ese entonces, pues, nuestro padre sólo quería la mejoría de nuestra mamá y que ésta tuviera a la vez un buen médico que la sacara de ese estado de enfermedad en que ella había caído. Eso era motivo de disensión entre mi papá y mi mamá, pero como mi padre veía muy enferma a mi mamá, no le tocaba más el asunto por no agravar más su condición y afectarla más de lo que ella estaba. Nosotros regresamos a la ciudad por petición de nuestra madre. Siempre les estábamos mandando, entre mi hermana y yo, un giro de dinero a nuestros padres para que pudieran vivir bien mientras estábamos en la ciudad y aparte de aquel dinero que le mandábamos, le girábamos otro dinero para los gastos médicos de nuestra madre en el pueblo. No era mucho lo que le mandábamos como para que nuestra madre se recuperara satisfactoriamente rápido, pero así la manteníamos animada con aquellos tratamientos mientras encontrábamos a un buen médico y especialista que tratara con su enfermedad. Cuando ya habíamos encontrado al médico, nos llega la mala noticia. Yo abro la puerta y recibo de un mensajero una carta que venía de nuestro pueblo y ésta nos anunciaba la muerte de nuestra querida madre. Fue muy triste para mi hermana y para mí. Al día siguiente estábamos en el pueblo para hacer los preparativos del entierro de nuestra fallecida madre. Hicimos todas las vueltas para el sepelio y el entierro de ella. Cuando ya la habíamos enterrado, nuestro padre había decaído sentimentalmente por la pérdida de nuestra madre. –Papá. Usted tiene que seguir adelante. Usted no puede vivir así afligido por nuestra mamá toda la vida. Así que tenga mucho ánimo, que la vida continua –.

–Sí hija, pero no para mí –.

–No señor, no diga eso. Claro que para usted la vida continúa también –. Le decía mi hermana regañando a mi padre y dándole ánimos para que se recuperara de su estado anímico, pues, mi padre se iba a sentir solo y sin la compañía de nuestra madre que ya no estaba entre los vivos. Mi hermana le propuso a nuestro padre que se viniera con nosotros a la ciudad, pero se negó rotundamente y no acepto la petición que le había hecho mi hermana. Después de aquello, regresamos a la ciudad. No pudimos hacer más nada para convencerlo y hacerlo cambiar de opinión, pues no quería abandonar al pueblo que lo había visto nacer y crecer. Ya habían pasado cuatro meses y nuestro padre había caído también enfermo por consecuencias de la muerte de mi madre. Mi hermana y yo hicimos lo posible por sacarlo de aquel estado de ánimo por la cual había caído por la muerte de mamá y restablecerlo moral y sentimentalmente, pero todo fue inútil y en vano, porque al poco tiempo había muerto también pero de pena moral. La noticia la recibimos de igual manera como habíamos recibido la primera, por medio de una carta que nos había escrito el mismo vecino y nos había dado la mala noticia del fallecimiento de nuestra madre. Ya no teníamos con nosotros a nuestros padres y sólo nos quedaba a mi hermana y a mí, resignarnos y seguir adelante. Ahora debíamos organizar nuestras vidas y sin la presencia de ellos con nosotros. A los dos años de la muerte de nuestros padres, vendimos la pequeña casa y con el dinero de la casa y con nuestros ahorros de muchos años compramos una nueva en la ciudad en donde estábamos viviendo, trabajando y estudiando actualmente. Ya no pagábamos arriendo, pues mi hermana y yo vivíamos juntos, hasta que cada cual hiciera su vida por aparte. Yo terminé mis estudios universitarios y mi hermana también, luego me especialicé en derecho investigativo para así ser un buen detective y cumplir aquellos sueños que había tenido cuando era un simple niño y había visto con mi padre aquel cadáver que habíamos descubierto, mi padre y yo, en aquel monte espeso y que estaba siendo devorado por aquellos gallinazos o buitres hambrientos y que fue lo que permitió el hallazgo o el descubrimiento de lo que yo quería hacer cuando fuera un hombre adulto, hecho y derecho. Una noche, ya estando en mi cama, pude tener un sueño muy raro. Pues soñaba cuando era un niño y que andaba con mi padre. Pero en ese sueño pude ver algo parecido a lo que había visto con mi padre cuando descubrimos aquel cadáver putrefacto y tirado en el monte. Era una enorme bandada de buitres o gallinazos que revoloteaban en el cielo. Mi padre, que estaba con migo en esos momentos en el sueño, levantaba su mano derecha y con su índice me señalaba aquella gran bandada de gallinazos negros. Luego volví a levantar la mirada y aquella bandada de buitres se hacía espesa, que perecía una gran nube negra. Pero después, aquella bandada se convertía magistralmente en una gran nube negra. Aquello fue bastante extraño para mí. Ahora veía una nube que había oscurecido todo el lugar y luego comenzaba a llover torrencialmente. Fue un sueño bastante raro para mí y que no había entendido. Pues no supe más nada de aquel sueño. Otra cierta noche había tenido otro sueño similar: Soñaba con aquel cuerpo muerto que habíamos visto mi padre y yo en aquel monte y que estaba siendo devorado por muchos gallinazos. Después volví a mirar aquel cuerpo muerto que había sido cambiado por otro y que nunca supe cuando había ocurrido aquel extraño cambio. Ese nuevo cadáver nunca lo había visto en mi vida ni cuando mi padre estaba vivo. Luego desperté en medio de la oscuridad muy agitado y sudoroso por aquel horrible sueño que tampoco supe que significaba. Eran sueños bastante raros para mí, pero luego yo no le daba mucha importancia. Únicamente le vine a dar importancia, cuando en otra ocasión salí soñando con mi difunto padre que estaba con migo en aquel huerto que sembrábamos juntos cuando era yo niño. En el sueño no supe que era lo que yo sembraba con mi padre, pero lo que sí recuerdo de ese sueño, era que mi padre me decía que el volcán iba a explotar y luego me señalaba con su brazo extendido y su dedo índice de la mano derecha el gigantesco volcán. Yo volteé para poder ver el volcán que él estaba señalándome y luego veía como éste comenzaba a derramar lava. Cuando vi aquello en el sueño, me asusté tanto que luego brinqué en la cama como si me hubieran lanzado o tropezado de algo bien alto y hubiera caído. Cuando desperté, me di cuenta que era otro raro sueño. Aquellos sueños eran avisos de que algo malo, pero muy malo iba a pasar con el pueblo en el cual había nacido y crecido. Yo no le dije nada a mi hermana de aquellos sueños míos, pues ella era muy incrédula hacia aquellos presagios. Pero después me pude dar cuenta también que yo había heredado aquel don que mi padre tenía. Luego pasaron los días y no volví a tener aquellos sueños raros. Desde ese entonces me sentía por fin tranquilo, porque ya había superado aquellas pesadillas que no me dejaban dormir y que tampoco me anunciaban cosas buenas. Un día me sorprendió los comentarios que me hacía mi hermana Aura, pues ella había tenido un sueño muy raro; en donde ella veía a nuestra madre que le decía que nunca regresara al pueblo y que me dijera a mí que no se me ocurriera por nada del mundo volver al pueblo. Eso para mí fue la confirmación final de que en verdad algo muy tremendo iba a suceder en el pueblo de Asneros y me daba a entender que mi padre había tenido la razón siempre al decirme que nuestro pueblo iba a ser destruido por aquel volcán que nunca había hecho erupción, pues era lo que yo pensaba, pues no sabía que ese volcán, en algún momento de la vida, pudo haber hecho erupción en otra época o en otro milenio. El presagio de mi padre estaba ya concebido y que ya había desarrollado su momento de dar a luz como una mujer cuando está departo. Su acción destructiva estaba ya listo para que en cualquier momento realizar su manifestación destructiva. Pero lo malo de aquellos presagios era que no se podía saber con certeza cuándo ocurrirían tales hechos siniestros. Después que mi hermana me hubo dicho aquellos sueños de ella, yo, con un poco de seriedad, le protesté diciendo:

–Aura ¿Y tú crees en eso? ¿No me dijiste una vez que no creyera en esas cosas y que pusiera los pies sobre la tierra? Y ahora me sales tú con eso –.

–Bueno, porque mi mamá siempre me decía que habían cosas en esta vida que pueden ser verdad y que se pueden cumplir en cualquier momento de nuestra vida y he visto cosas que ella me decía que ya se han cumplido a cabalidad y que debía decírtelo –. Después que ella me dijo eso, le recordé lo que también una vez le había dicho y luego le manifesté lo de aquellos sueños que había tenido noches atrás. – ¡Ay Jaime! ¿Será que nos va a pasar algo malo? –.

–No digas eso. No nos va a pasar nada, siempre y cuando no nos vayamos de esta ciudad –. Mi hermanas había tenido aquellos secretos bien guardados, pero ella con el tiempo comenzaba a contármelos sin tapujos y escondrijos. Aquellas cosas que me decía ella, nunca me las había dicho cuando éramos niños. Ella me decía cosas que mi madre le decía cuando mi hermana era pequeña y cuando mi padre y yo no estábamos en casa. Eran cosas que mi madre soñaba, pero con referente al pueblo en donde habíamos nacido y crecido. Uno de esos sueños que mi madre había tenido, había visto en ellos muchísima candela por todas partes, pues eso era lo que mi hermana me decía y que le había dicho mi madre a ella y está a la vez le decía que no nos lo dijera a nosotros, porque ella pensaba que nosotros la íbamos a tratar de loca o que no le íbamos a creer o hacer caso por aquellas cosas que decía o soñaba. Desde ese momento comprendí, que todos teníamos ciertos temores de contar o de decir algo a alguien que en verdad no nos iba a creer y por eso guardábamos ciertos secretos o teníamos ciertos secretos escondidos que no se lo manifestábamos a nadie por temor a los incrédulos y pesimistas que no creían en nada. Por eso preferíamos guardar silencio y no afectar a nadie con nuestras conjeturas o premoniciones de lo que se había soñado o presentido, para evitar así las burlas y las risas de quienes no creían en aquellas cosas. Todo eso yo lo sentía que era así y por eso tampoco le decía nada a nadie hasta que sucediera todo aquello por la cual uno temía y no quería estar allí para vivirlo o presenciarlo. Mi hermana, después de saber aquellas cosas que mi padre me había dicho, cambió de actitud, pues, pasó de incrédula a crédula y tomó otra posición frente a la vida y a aquellos designios que la vida nos daba cuando sucedía un acontecimiento. Los días pasaron y mi hermana y yo estábamos en nuestros respectivos trabajos. Salí del trabajo rumbo a la universidad para seguir especializándome en lo que yo había estudiado, mi hermana hacía también lo mismo, salía de su trabajo a la universidad para especializarse en lo que ella había estudiado, pero en la rama de la contaduría. Las cosas en esos momentos marchaban bien para nuestro pueblo natal y para nosotros también. Cuando ya estábamos en la universidad, escuchábamos lo comentarios de una gran catástrofe que se había manifestado en cierto lugar. Un volcán había hecho erupción y había matado a mucha gente. Eso fue la noticia del momento. Yo por el afán en que estaba y por tantos trabajos y tareas, no les presté atención a aquellos comentarios que había en la universidad y por los alrededores de ella que no nos daba tiempo a mi hermana y a mí de escuchar aquellos comentarios. Al día siguiente, llegó lo que nosotros no esperábamos: Mi hermana Encendió la tele y luego comenzó a ver las noticias. En ese preciso instante nos enteramos de toda aquella tragedia y devastación que había sucedido en nuestro pueblo. Yo estaba en esos momentos en la cocina cuando escuché que mi hermana me llamaba con un fuerte grito y llanto. En esos momentos creí que a mi hermana le había pasado algo, pero era para mostrarme la trágica devastación que había acabado por completo con nuestro antiguo pueblo de Asneros. Esa tragedia había ocurrido a las diez de la noche. Hora en que todo el pueblo dormía y nosotros estudiábamos. Corrí de inmediato a la sala. – ¡Qué pasó! ¡Por qué gritas así! –.

– ¡Mira! –. Me decía mi hermana señalándome el televisor. Yo, cuando vi aquello, me senté en el sofá al lado de mi hermana que no dejaba de llorar y comencé a ver aquellas noticias de aquel horrible desastre. El presagio de mi padre y los sueños de mi madre que ésta le había contado a mi hermana, se habían cumplido ya. Toda aquella vasta región, toda aquella zona geográfica estaba siendo consumida por el fuego del volcán y la lava que salía de su interior. Toda aquella furia reprimida del volcán se había manifestado destructivamente y había causado una gran tragedia y devastación por doquier, borrando de esa manera del mapa al pueblo que se encontraba ubicado al pie del volcán y matando a todos sus habitantes. Yo me puse a pensar y a meditar en lo que muchos años atrás, cuando tenía 16 años de edad y cuando mi padre me había hablado de aquel volcán y de lo que iba a suceder con él. De cómo iba a explotar y a matar a mucha gente sin éste dar aviso alguno de aquella destrucción repentina y que mi madre, él y nosotros no íbamos a estar presentes cuando aquello sucediera. Aquello se cumplió tal cual como me lo había dicho, pues mi padre y mi madre estaban ya muertos y nosotros estábamos en otra ciudad que no era la nuestra. Nuestro pueblo acababa de ser destruido por ese enorme volcán. Yo en verdad nunca supe con más certeza cómo iba a pasar aquel desastre, pero analizando aquella situación, pude darme cuenta que en los planes divinos o del destino, nos tenía otra cosa preparada y que nosotros no entrabamos en los destructivos planes de aquel volcán. Nuestros padres en verdad no presenciaron ese horripilante acontecimiento devastador, pues ya estaban muertos, como lo había pronosticado mi padre que estaría bajo tierra y nosotros estaríamos bien lejos de aquel desastre sin sufrir ninguna consecuencia o daño alguno por aquel suceso trágico que sí había acabado con la vida de mucha gente del pueblo por no haber obedecido los designios divinos y por haberse burlado de ellos. A mi padre, después de muerto, se le había cumplido su último presagio. Aquel televisor, invento prodigioso del hombre, que paradójicamente nos había hecho pelear a mi hermana y a mí una vez, ahora nos unía en un mismo sentimiento de pesar y mucha tristeza por ver tanta destrucción y muerte. No supimos si hubo personas que se salvaran de aquel siniestro y contaran lo que había pasado allí y cómo había pasado aquello. Pero después sí habían mostrado a un sobreviviente que estaba empapado totalmente de lodo y que estaba dando su testimonio de los hechos y de cómo se había salvado de aquella devastadora destrucción.

Capítulo 7.

Yo me encontraba en un pequeño cerro cuando pasó aquella horrible devastación. Vi fuego y candela por todas partes. Yo no sabía qué hacer para poder huir del lugar en donde me encontraba en esos momentos, pues estaba muy alterado por aquella situación que estaba viendo en ese instante. Corrí para un lado del cerro y vi un río incandescente de lava, luego, al ver aquello, corrí al otro extremo del cerro. Todo estaba oscuro y no se podía ver nada en el extremo donde yo estaba, pero podía escuchar el estruendo del volcán y de la lava que descendía del mismo. Cuando descendía del cerro por el extremo que creía yo que no estaba sucediendo nada y que podía huir sin ningún peligro, me encuentro con una gran avalancha que venía descendiendo con mucha fuerza por ese otro extremo del cerro. Sí había escuchado el estruendo como de un río, pero como estaba todo oscuro no veía nada ni sabía que era aquello que se escuchaba. Tomé mi lámpara de manos y la prendía para ver qué era lo que estaba sucediendo por el extremo donde me encontraba en esos momentos. Cuando supe lo que era, no había ninguna escapatoria. Volví a subir a la parte más alta del cerro, a la cima, para así evitar un posible peligro. Me sentía atrapado en ese instante, pues no sabía para dónde ir, porque tenía peligro a lado y lado del cerro. Yo había quedado atrapado en medio del fuego y de una gran avalancha que no me permitía huir y salvar mi vida de aquel repentino siniestro que se había desatado. Permanecí en la cima de aquel cerro hasta que salió el sol. No pegué los ojos durante toda la noche y toda la madrugada, por temor que me fuera a pasar algo malo por quedarme dormido. Cuando había llegado la mañana, pude ver con más claridad la magnitud del siniestro. Toda la región había sido devastada despiadadamente por el volcán. El pueblo donde vivía yo, ya no estaba ni existía más. Era como si se lo hubiera tragado la tierra o ésta hubiera abierto su boca y se lo hubiera tragado entero. Cuando vi que la avalancha había bajado su peligroso cause destructivo, me lancé a la aventura de cruzarlo, pero no pude, pues, todavía llevaba mucha fuerza y podía ser muy peligroso para mí si lo intentaba cruzar. Luego tomé una soga y amarré fuertemente un extremo de ella a un árbol que estaba más arriba, luego tomé el otro extremo de la soga y me amarré. Después volví a intentar aquella hazaña, pero no me resultó. Quedé totalmente empapado en lodo. Esperé para ver a quién podía pedirle ayuda, pero nadie aparecía. Muchas horas después, empecé a escuchar el sonido de helicópteros que volaban por todo el lugar del siniestro, viendo a quienes podía rescatar, pero aquellos helicópteros estaban muy lejos de donde yo me encontraba. Cuando escuché el sonido de los helicópteros, comencé a gritar fuertemente y a pedir ayuda, pero estos no me escuchaban ni me podían ver por lo lejano que yo estaba o me encontraba en esos momentos. Pocos minutos después iba pasando muy cerca de donde yo estaba, un helicóptero, y al verlo que venía muy cerca comencé a dar gritos para que estos me pudieran ver y escuchar. Conseguí que me vieran y al instante, vi que me arrojaban una especie de escalera. Yo la tomé y me subí a ella, luego, los que estaban en el helicóptero me gritaban que subiera por la escalera y llegara hasta arriba en donde estaban ellos. Lo intenté, pero esta se movía mucho y yo no podía subir, y, como no podía subir por ella, no continué el intento de subir, pues no estaba adiestrado para eso, me aferré fuertemente de aquella escalera para no caerme. Aquellos hombres que estaban en el helicóptero me daban ánimo para que subiera, pero cuando vieron que no subía y que había desistido de la maniobra, el helicóptero me trasladaba a un lugar seguro. Yo iba por el aire, agarrado de aquella escalera. Cuando abría mis ojos para ver por dónde íbamos, me asustaba un poco por la altura en que iba el helicóptero volando, pues estaba como a mil metros de la tierra. Yo, después de ver por dónde íbamos, volvía a cerrar los ojos para no ver la altura. Cuando el helicóptero había llegado a un lugar seguro, descendía un poco para así dejarme en tierra firme. Cuando sentí que tocaba tierra, abría mis ojos para ver y luego, ya en tierra, soltaba aquella escalera que tenía agarrada fervientemente como cuando se abraza a un ser querido. Después de haber pisado tierra, se me acercaban al instante unos médicos y enfermeros que traían una camilla y me hacía a costar sobre ella. Luego empezaron a examinarme minuciosamente y a valorar mi condición física. El helicóptero que me había rescatado y me había traído a un lugar seguro, regresaba al lugar del desastre para seguir realizando maniobras de rescate y salvamentos. Cuando ya los médicos me habían examinado y todo lo demás, se me acercaban unas personas y me hacían todo tipo de preguntas.

–Discúlpenos señor ¿Cuál es su nombre? –.

–Casimiro Rebolledo –. Contesté.

– ¿Dónde estaba usted cuando pasó el desastre? –.

–Bueno, yo estaba o me encontraba en un cerro cuando pasó esa horrible desgracia –.

– ¿Había alguien más con usted? –.

–No, solamente estaba yo solo –.

– ¿Y qué hacía usted solo en aquel lugar? –.

–Estaba trabajando en el cerro, cortando monte y buscando leños para hacer carbón –.

– ¿En dónde vive usted? –.

–Yo vivía en el pueblo en donde pasó el desastre –.

– ¿Tenía usted familia? –.

–No señorita, yo vivía solo en una pequeña parcelita que tenía. Pero ahora no tengo nada, pues todas mis pertenencias se las llevó el desastre –. Les decía yo con mucha tristeza después de saber la magnitud de aquella tragedia.

– ¿Pero usted no tenía algún familiar o pariente suyo viviendo en ese pueblo? –.

–No, todos mis parientes y familiares viven en otra ciudad–.

Después de aquellas preguntas, fui el centro de atención de todos los medios de comunicación y de la prensa que me querían entrevistar y capturar así la noticia de lo acontecido, pues era un potencial testigo de todo lo ocurrido. No cesaban las preguntas y eso ya me tenía un poco cansado, pues todos querían saber cómo había ocurrido aquello, cómo había escapado y cómo me había salvado de aquella repentina y despiadada destrucción. Salí en todos los medios noticiosos. Después de eso, alguien me hacía la siguiente pregunta: –Antes de que usted saliera a trabajar y a realizar sus labores diarias ¿No había usted presenciado alguna anomalía o algo raro con aquel destructivo volcán? –.

–En verdad no. todo estaba y seguía normal hasta ese momento y nunca había presenciado amenaza alguna con el volcán. Yo y mi pueblo vivíamos de lo más normal, hasta que pasó el desastre y éste me cogió, pero fuera del pueblo–. Le decía yo a aquel periodista. A los tres días, después del desastre, llegué a la zona en donde quedaba mi antiguo pueblo devastado por aquel horrible siniestro. Todo era desolación y ruina. No había nada que no hubiera quedado en pie. Todo había desaparecido, todo había quedado destruido y arrasado por la furia del volcán. Yo lloraba, pues, ya mi pueblo y su gente no existían porque habían quedado sepultados para siempre, bajo la tierra. Era tan grande la desolación y la ruina que se podía ver por la gran destrucción que hubo en toda la región. El pueblo y todos los barrios del pueblo habían quedado sepultados para siempre. No habían más testigos del siniestro, sino yo, quién había presenciado en vivo y en directo aquel repentino desastre que no le había dado chance a los habitantes de mi pueblo de huir o salvarse de aquel desastre fatal. Yo tampoco tuve tiempo de dar aviso, porque aquello sucedió de una manera inmediata o imprevista y me encontraba, además, muy lejos de mi pueblo, como a tres horas de camino me encontraba yo del lugar del desastre. La noche me había cogido en aquel monte, y decidí pasar la noche allí en aquel lugar para descansar y regresar al día siguiente al pueblo con la leña que me serviría como materia prima para hacer carbón para luego venderlo. Nunca me esperaba, ni mucho menos me imaginaba que aquel desastre se desataría de una manera violenta, repentina y a esas horas de la noche. Para mí fue un verdadero milagro el que yo me hubiera salvado de aquel desastre, pero a la vez me dio mucha tristeza por todos los habitantes de Asneros que perecieron sin la oportunidad de salvarse. La muerte los había cogido de sorpresa y en el momento en que todos estaban durmiendo y reposando en sus confortables casas, mientras yo seguía en aquel monte esperando que amaneciera para poder llegar al pueblo en la mañana. Aquellos sistemas de alarmas que estaban instalados por todo el pueblo no sirvieron de nada contra la furia y la ira incandescente de un gran dragón que estaba dormido durante milenios, que nunca había hecho daño alguno, ni tampoco había dado señales de querer despertar. Parecía que el volcán hubiera decidido arrasar con todo sin que nadie se diera cuenta o notara algunas anomalías y no llamar la atención de aquel pueblo desapercibido e ignorante de aquel repentino suceso aterrador. Digo que lo mío fue un verdadero milagro, porque yo había decidido quedarme en aquel cerro, pasar allí la noche y no regresar al pueblo que estaba demasiado lejos, sino al día siguiente. Yo tenía esa costumbre de quedarme en un lugar cuando me cogía la oscuridad de la noche, principalmente en aquel cerro que era mi lugar acostumbrado de trabajo. Si yo hubiera regresado al pueblo, la muerte me hubiera sorprendido y hubiera perecido también con todos mis coterráneos del pueblo. En noches anteriores, había tenido un sueño bastante raro, parecido a lo que estaba viviendo o de lo que había presenciado. Yo, en aquel sueño, me encontraba en aquel cerro y por la cual tenía la costumbre de quedarme cuando anochecía. En ese sueño me parecía ver un manto negro, era como una gran cortina que tapaba o cubría como una nube a todo el pueblo. No sabía que significaba aquello, hasta que llegó el día y sucedió aquel desafortunado desastre que acabó con todo. Ese sueño era un vaticinio de que el pueblo iba a estar en luto o iba a ser destruido por aquel suceso repentino y despiadado. Yo, en ese sueño, estaba presenciando la total destrucción del pueblo. Cuando tuve aquel raro sueño, se lo conté a Garizabalo, un buen amigo mío. Éste no hizo más nada que reírse de mí, luego me decía: –Eso son puras supersticiones suyas. Aquí nunca ha pasado nada, ni tampoco pasará –. Un día, el mismo Garizabalo había tenido también un sueño similar al mío. Éste veía en su sueño a la muerte vestida de negro, tenía una gran hoz y con ella cortaba un gran manojo de flores de todos los colores, formas, tamaños y especies. Una de esas flores tenía su nombre escrito en el tallo y en letras mayúsculas. Al día siguiente, después de haber tenido aquel sueño, me decía: –Casimiro, creo que ya voy a morir, porque anoche soñé con la muerte, pero no sé cuándo la muerte vendrá por mí. Puede ser hoy o mañana. No sé. Pero de que voy a morir, voy a morir –.

–No diga eso compadre. Usted todavía tiene mucho camino por recorrer en esta vida y no debe estar pensando en morirse ya. Uno se muere cuando Diosito lo quiera –.

–Vea compadre. Lo que uno sueña eso sucede –. Luego que él me dijo eso, yo le protesté por el sueño que un día tuve y que le había dicho y no me había creído. –Pero compadre, ¡Cómo va creer usted en esos sueños! Si usted me dijo un día, cuando le había contado un sueño que tuve, que aquello no era cierto y hasta se echó a reír de mí y no creyó a lo que le había dicho. Y ahora sale usted con esas cosas y va a creer ahora que la muerte viene por usted –.

–Bueno compadre. Cuando se trata de la muerte es porque viene por uno. A esos sueños sí les creo yo. Pero a aquellos sueños que hablan de destrucción, no les doy mucha importancia. O dígame, ¿Cuándo ha visto usted que haya pasado en este pueblo un desastre? Mucha gente ha soñado con cosas así como las que usted me ha dicho y no ha pasado nada. Pues yo he escuchado a tales personas decir esas cuestiones semejantes a las que me ha dicho usted y hoy día están bajo tierra y es la hora que no he visto ninguna de aquellas cosas cumplidas –.

–No diga eso compadre. El hecho que una persona sueñe cosas y no se cumplan por el momento no quiere decir que no se vayan a cumplir en cualquier momento de la vida –.

–Bueno compadre. Al fin y al cabo algún día tenemos que morir. Es la ley de la vida –.

–Si compadre, es vedad, pero en su tiempo y no cuando lo diga usted o un vendito sueño –. Era verdad lo que me decía mi compadre Garizabalo, pero lo que no sabía él, era que iba a morir de la peor forma, pues una horrible devastación iba acabar con su vida y no iba a tener ninguna clase de escapatoria de aquel siniestro. Ese día que salí de mi casa rumbo para mi acostumbrado trabajo en aquel cerro, pasé por la casa de mi amigo Garizabalo para convidarlo a ir con migo a trabajar, pero éste no quiso ir. Yo le insistí persistentemente, pero estaba empeñado a no ir. Yo sentía que debía llevármelo con migo a trabajar, pero el funesto destino y la terquedad de mi amigo Garizabalo pudo más que yo, pues todo estaba listo y preparado para su muerte y el gran siniestro destructivo. Aquel ramo de flores con la cual había soñado mi amigo y aquella que tenía su nombre escrito en letras mayúsculas, significaba una cosa: Que en verdad iba a morir e iba a ser desarraigado por aquella destrucción e iba a perecer con toda la población. Luego que me despedí de él y de salir de su casa, tuve la desagradable sensación que nunca más iba a volver a ver a mi amigo y que yo no iba a regresa más al pueblo, ni lo iba a volver a ver más. Algo me hacía sentir aquellas raras sensaciones y yo trataba de ignorar aquellas ideas absurdas y que eran descabelladas para mí. El día lo sentí muy extraño y tan raro que después sentí una profunda tristeza, pero luego me sacudí y dije dentro de mí: <<*Pero que está pasando con migo, porqué me siento así. Debo sacarme esas ideas de la cabeza y no prestarles mucha atención a nada de eso y a esos sentimientos raros*>> seguí caminando rumbo al cerro y cuando ya había llegado al lugar, saqué mi machete de la vaina y comencé a cortar la maleza para abrirme paso por el monte y poder llegar hasta la cima del cerro. El cerro era bastante grande y no era tan pequeño. Estaba lleno de buena y abundante vegetación. Desde ahí se podía ver las casas y los escasos edificios de apartamentos que mi pueblo tenía y que no pasaban de cinco pisos. Por las noches, también se podía contemplar a la ciudad iluminada, pero cuando llegó aquella devastadora destrucción para el pueblo, éste había quedado en la total tiniebla, pues, la destrucción fue rápida y en cuestión de segundos y minutos. Nada había quedado del destruido y devastado pueblo de Asneros. Todo había sido consumido por las llamas y la incandescente lava destructiva que arrasó y acabó con el pueblo y con todo lo que había a su paso. Fue una gran devastación sin misericordia, pero pronosticado quizás por algunos, pero no atendido por muchos incrédulos que solamente daban como respuestas a aquellos anuncios una burla o grandes risotadas a quienes revelaban aquellos sueños o presagios ya anunciado con mucha antelación por aquellos mensajeros del funesto destino. Después de aquel trágico acontecimiento que había acabado con mi pueblo y la vida de muchos habitantes que vivían en él, había recibido la noticia de que otras personas que habían nacido en aquel destruido lugar, se habían salvado también, por cosas del destino de aquel desastre. Unos se salvaron porque habían dejado al pueblo por cuestiones de trabajo, otros porque habían sentido y presagiado a tiempo lo que iba a ocurrir con nuestro pueblo, pero que no habían dicho nada por temor a la gente y su incredulidad, y otros porque habían recibido ofertas o herencias que lo hicieron abandonar el pueblo y salieron huyéndole de aquel inesperado suceso que no se sabía cuándo se daría. Cuando estas personas me vieron por las noticias, por la televisión y por otros medio de comunicación, me enviaron cartas de condolencias y de apoyo. Yo ya no me sentía solo, pues, aquellas personas era todo lo que yo tenía y me quedaba en esta vida, pues, ellos eran ya parte de mi vida, de mi historia y de aquel desastre que había arrasado con nuestro antiguo pueblo de Asneros. Aquellos sobrevivientes eran la memoria viva de cómo era nuestro desaparecido pueblo, antes de ser devastado por el volcán. Todos ellos eran un pedacito del rompecabezas, eran el testimonio encarnado de lo sucedido en aquel lugar ya desaparecido y olvidado por muchos que no lo conocieron o lo alcanzaron a conocer, pero no por sus propios orígenes o raíces que habíamos quedado de aquel siniestro. Aquellos pocos que quedaron, podían dar fe de lo que yo había sentido y vivido en carne propia de aquel trágico acontecimiento terrorífico y espeluznante. A través de aquellos pocos testigos, se iba a reconstruir nuevamente el triste pasado de nuestro ya desaparecido pueblo. – ¿Cómo era nuestro pueblo? –. Era una pregunta que se iría repitiendo de generación en generación o de una generación a otra y que marcaría la historia de un pueblo que estuvo por un tiempo en un punto geográfico de la tierra y que por cuestiones del destino desapareció, pero para luego volver a resucitar como el ave fénix en los libros de historia como cuando se habla de las antiguas ruinas de una ciudad perdida en cualquier parte del mundo antiguo. Mi vida, junto con aquellos que también sobrevivieron de alguna otra manera, fuimos los afortunados escogidos por el inclemente destino para contar y recontar las experiencias vividas y sucedidas por aquel suceso trágico. Ahora yo estaba vivo para contarlo después de 26 años de aquella terrible destrucción que sacudió a nuestro pueblo y a toda una gran nación. Aquel suceso lo recuerdo como si fuera ayer, cuando me encontraba en aquel pequeño cerro que no era a la verdad tan pequeño y realizaba mi trabajo hasta caer la oscura noche de aquel horrible día que se cerraba con un mal acontecimiento. Aquel monte fue el lugar de mi refugio y de salvación. Gracias a Dios y a ese monte que el mismo Dios puso como mi ángel guardián y protector, no sufrí daño alguno o lesión alguna. Era como si el destino me hubiera sacado de mi pueblo y me hubiera llevado hasta allá para salvar mi vida que corría mucho peligro, sin yo saberlo y que también me daba otra nueva oportunidad de vida y de existencia en el mundo, para que fuera el mensajero afortunado de aquel trágico suceso destructivo. Después de 26 años de todo lo acontecido, recibía otra carta con todos los nombres de aquellos sobrevivientes que también habían contado las crónicas de aquel horrible episodio destructivo que había acabado con un pueblo y la vida de muchas personas que había en él. Después de muchos años, yo había hablado con aquellos pocos amigos sobrevivientes, que no eran mis amigos, pero que lo llegamos a ser por cuestiones del destino y se habían salvado de morir también en aquella horrenda tragedia. Sus historias son únicas y que habían llevado un vaticinio único y un sólo mensaje que anunciaba un mismo suceso trágico y devastador. Yo había analizado cada una de esas originales historias y pude darme cuenta y llegar a una conclusión de que aquellas historias contadas y sucedidas eran las versiones verídicas de un mismo presagio.

www.ingramcontent.com/pod-product-compliance
Lightning Source LLC
LaVergne TN
LVHW010607160826
845677LV00013B/3286